Fritz Rudolf Fries

Verlegung eines mittleren Reiches

Serie Piper
Band 1255

Zu diesem Buch

Ein Atomkrieg ist gerade zu Ende gegangen, und die Sieger, die neuen Herren aus dem »Reich der Mitte« sind dabei, das eroberte Gebiet in ihrem Sinne zu ordnen. Das Klima verändert sich und die Versorgungslage ist schlecht. Dennoch übt sich der Chronist, der uns von der »Verlegung des mittleren Reiches« berichtet, in asiatischer Gelassenheit und widmet sich vorzugsweise der Neuordnung seiner umfangreichen Bibliothek.

Ein »labyrinthisches Spiegelkabinett, das uns aus allen Blickwinkeln die Bedrängungen der Gegenwart entgegenwirft« nannte Wolfram Schütte in der »Frankfurter Rundschau« diese spielerisch-elegante Apokalypse, in der Zukunftsangst und Optimismus einen verwirrend-orakelhaften Tanz miteinander wagen.

Fritz Rudolf Fries, geboren in Bilbao (Spanien). Studium der Anglistik und Romanistik, wissenschaftlicher Assistent an der Akademie der Wissenschaften in Ost-Berlin. Dolmetscher, Übersetzer. Lebt seit 1966 als freier Schriftsteller in Petershagen bei Berlin. Als einer der sprachmächtigsten Dichter deutscher Zunge etablierte er sich mit den Romanen »Der Weg nach Oobliadooh« (1966), »Das Luft-Schiff« (1974), »Alexanders neue Welten« (1982), »Verlegung eines mittleren Reiches« (1984) und »Die Väter im Kino« (1989).

Fritz Rudolf Fries

Verlegung eines mittleren Reiches

Roman

Aufgefunden und herausgegeben
von einem Nachfahr
in späterer Zeit

Piper
München Zürich

Von Fritz Rudolf Fries liegen in der Serie Piper außerdem vor:
Bemerkungen anhand eines Fundes
oder Das Mädchen aus der Flasche (1112)
Alexanders neue Welten (1252)

ISBN 3-492-11255-2
Juli 1993
R. Piper GmbH & Co. KG, München
Lizenzausgabe mit Genehmigung des Aufbau Verlags,
Berlin und Weimar

Umschlag: Federico Luci,
unter Verwendung des Gemäldes »Yellow Sky« (1966)
von Roy Lichtenstein

Druck und Bindung: Clausen & Bosse, Leck
Printed in Germany

In memoriam O. Z.

Anmerkung des Herausgebers

Vorliegende Fragmente fanden sich nach dem Letzten Krieg im Besitz meiner Familie. Über Generationen vergessen, brachte die jüngste Aktion »Entrümpelt Eure Wohnungen und Köpfe!« die Mappe mit den handgeschriebenen gelbfleckigen Papieren ans Tageslicht. Der Herausgeber zögerte, die Seiten ungelesen zum Reißwolf zu tragen. Er las, ordnete die Texte ihrer Chronologie nach (und beließ es bei dem veralteten Kalendersystem), und er gab den Abschnitten Überschriften, die ihm passend schienen. Der Herausgeber will an dieser Stelle keine Kritik an dem unbekannten Vorfahren üben, der allem Anschein nach zur ideologischen Ausbeuterklasse der Gelehrten gehörte. Er will lediglich den Leser vor der Illusion bewahren, hier ein zuverlässiges Bild der Vergangenheit zu finden. Sicher wurde der Urheber dieser Arbeit von schriftstellerischen Ambitionen verunsichert, die ihm ins Handwerk eines Chronisten pfuschten. Denn was er überliefert, findet sich in keinem unserer Geschichtsbücher. Auf eines nur will der Herausgeber kritisch aufmerksam machen: Es ist der, wenn auch schwächliche, Egoismus der hier beschriebenen Menschen eines beinah dörflichen Ortes. Sie leben dahin wie im Traum, keine der großen Ideen, welche die Zeit ihnen doch anbot, weckt sie zur Tat, und so gehen sie unter wie aus eigenem Antrieb. Die Bedürfnisse ihres Bauches mobilisieren sie, nicht die Vorstellungen einer wie immer zu bewertenden Menschengemeinschaft ihres Lehrers Remann-zi; und blind vorbei gehen sie an der Chance, welche die Geschichte immer wieder geboten hat, durch einen Vergleich mit einer fremden Kultur die eigene zu überprüfen, im Widerspruch zu stärken oder gewinnbringend auszugeben. Nichts dergleichen geschieht hier nach dem Einmarsch einer fremden Armee. Die Angst vor den selbstverschuldeten Ungeheuern treibt sie alle in den Untergang.

Wohl uns, die wir die Angst nicht kennen, Maschinen nur für die praktischen Verrichtungen des Alltags benutzen und unser Denken und Handeln zur Übereinstimmung gebracht haben.

Mit oberster Druckgenehmigung

Sonnenstadt im Jahre des Heils 07

Gez. Alpha 19-05-35

1.
Abbau der Verhältnisse

5. Februar
Was weiß man dann noch von uns, wenn die andern, die davonkamen, in der Sonnenstadt siedeln und sich die Asche lachend aus Anzügen und Röcken klopfen. Wie lachten wir, damals in unserem Winkel mit der Welt sehend und hörend verbunden –, lächerlich was da erdacht erforscht erfunden wurde, wie ein Land dem andern die Meßergebnisse abjagte, höher hinaus die Raketen, Milliarden verpulvert für immer dasselbe Projekt, die eine Bombe, versehen mit neckischen Namen aus der Mythologie, mit Laborabkürzungen, handlich gemacht für unser Vorstellungsvermögen. Hatte nicht Atlas beide Welten auf seinen Schultern getragen? Herkules die Äpfel der Hesperiden gepflückt? Jetzt sitzen sie da oben, Regierungsreste, Parteiausschüsse, Wohlfahrtsgremien, und segeln in ihren Weltraumringen im Kreise. Die Munition verschossen, die Sonnensysteme zerhackt und dennoch, so stelle ich mir vor, geben sie einander vom Band die alten Parolen weiter, Schmähungen Programme Zukunften, die ein Volk nicht mehr erreichen. In Steppen und Wüsten saß das Volk, oder was von ihm geblieben war, und nährte sich von Wurzeln und lernte mit äffischen Gesten eine neue Grammatik der Kommunikation. Uns aber! Uns hat sich das Große Reich der Mitte beizeiten einverleibt. Abgesichert sitzen wir in einer Randzone, bei radikal veränderten

klimatischen Bedingungen werden wir nun lernen, Reis anzubauen und Auberginen, Paprika und Bambus. Landwirtschaft hat diese Scholle schon immer fett gemacht. Jetzt ist sie oberstes Regierungsprogramm. Die Okkupanten beobachten die Saat mit liebevoller Aufmerksamkeit durch ihre Brillengläser, ihre Veterinärärzte untersuchen die Kühe, und ihre Statistiker berechnen nach erster Fühlungnahme der fremden Verhältnisse das Eiersoll. In meinem Garten scharren Hühner die Beete auf. Wer Eier versteckt, wird standrechtlich erschossen.

Bieten wir nicht dennoch das Bild idyllischer Ruhe? Das Holzhaus am See, der Kiefernwald, die hellen Sandwege am Ufer und durch den Garten, die hundertjährige Kiefer, die schirmend ihre Äste über das geteerte Dach hält, Drachenfänge gegen Wind und Regen, vom Sturm in den Nächten ächzend bewegt, abgeknickte Äste am Morgen, die wegzuräumen nicht schwerfällt, ein Bô-Baum der Fantasie, ein Haustier, ein Fabelwesen, unter dem sich zur Zeit des alten Kalenders die Erleuchteten des Fleckens sommers zu versammeln beliebten, um ihren Thee zu trinken und gemeinsam in den Bezirken des Geistes zu wandeln. Das Haus ist, wie es war, mit Matten ausgelegt. Rollbilder hängen von den Wänden, schwarze Gräser auf grauem Grund, Fische und Frösche, Zeichen einer animistischen Religion, scheinbar fremd und doch in jedem Land vorhanden.

Die Kinder bleiben nun zu Hause, von mir unterwiesen in der Sprache der neuen Herrn. Sie sitzen im Pavillon in der Nordecke des Gartens und tuschen ungelenk aufs Papier. In der Küche kocht meine Frau nach ausgefallenen Rezepten, die in den Dekreten der neuen Herrn genannt werden. Hier herrscht das Kontinuum einer vormals unbekannten Welt. Doch was geschieht, wenn das Bild ins Zimmer tritt, ich meine, die Fische das graue Bassin ihres Rollbildes verlassen, der Geist sich selber begegnet?

Pinselstrich der Weisen, jahrelang eingeübt, bis die Hand so schreibt, als glitte sie durch strömendes Wasser. Auf den Straßen im Ort die gleichen Schriftzüge, nach maschineller Vorlage an Türen und Wände gepinselt. Jede Schrift springt mir in die Augen, übersetzt sich in ihren Lautwert. Unsere Nachbarn stehen und beschauen die Zeichen, kopfschüttelnd, als hätte Remann ihnen seine einst verpönten Bilder gezeigt. In Lederschuhen gehen sie, Friedensware, trotten müde dahin, als wäre das Schuhwerk zerrissen; und gehen sie erst in Bastschuhen, sage ich mir, werden sie die Dekrete lesen gelernt haben. Man wird mich hier brauchen, ich fühle es. Ich bin optimistisch.

25. Februar

Noch ist alles ruhig, trügerisches Eis unterm lauen Frühjahrswind. Unterm Herbstlaub vergessene Panzerrohre weisen westwärts. In den Wäldern jenseits des Sperrgürtels sind Langstreckenraketen verborgen, heißt es, liegen in Lichtungen neben gefällten Kiefernstämmen. Die neuen Herren sitzen im Gemeindehaus, ihre Fahnen wehen im heißen Wind, der seit Beginn der neuen Zeitrechnung über unsere Felder und Gärten streicht. Die Bäume stehen hoch in

Blüte, seit Einzug der Truppen. Zi meint (es ist Remann, den wir so nennen, weil er der Älteste unter uns ist, also der Weise), man warte im Gemeindehaus auf die erste Reaktion der Bevölkerung, um dann erst Kralle oder Samtpfote zu zeigen. Die Leute im Ort warten auf ein Zeichen, auf Vorschriften, Paragraphen, Notverordnungen.

Unser Ort hat seit Menschengedenken zwei Zentren. Eines um die Kirche aus der Zeit der Napoleonischen Kriege. Im Bannkreis der Kirche ducken sich die Katen mit kopfsteingepflasterten Innenhöfen, auf denen landwirtschaftliches Gerät überwintert, auch Maschinen zur Feldarbeit, denen der Treibstoff ausgeht, Traktoren, scharfkrallige Eggen. Aus der Geschichte in die Neuzeit verlagerte sich der Ort an die Ufer des Sees, ein Kranz von Villen und Einfamilienhäusern, Sommerbungalows und restaurierten Fischerhütten, terrassenförmig ansteigend, beherrscht von der verfallenen Zitadelle aus rotem Quaderstein auf der Höhe. Bei Neumond eine Filmkulisse, wie sie schöner nicht entworfen werden kann. Süd- und Westufer steigen an ins dichte Laub- und Nadelgehölz, das dem Wanderer, der die Chaussee im Rücken läßt, ein Rinnsal von Fußpfaden eröffnet. Die Chaussee mündet in die Autobahn, die Autobahn erlaubt die Zufahrt zur Hauptstraße Nummer Eins, welche zur Hauptstadt führt, eine Kriegsader möchte man sagen, der Heere und Kolonnen gedenkend, die sie einst benutzt haben. Ort und Hauptstadt sind durch Schienenwege verbunden, die Stadtbahn schlug eine Brücke aufs Land, unser Ort ein Brückenpfeiler, an welchem die Bahn ausrollte, ehe sie den Rückweg antrat.

Die Bahn liegt jetzt verlassen auf den Schienen. Es heißt, die neuen Herrn verwenden sie als Vorratsraum. Aber man kann nicht allen Gerüchten trauen. Da das Bahnhofsgelände durch ein Strahlennetz hermetisch abgeriegelt ist (womöglich auch nur ein Gerücht), vermag keiner in die Fenster der Abteile zu blicken. Zi, zu dem viele Leute kommen, die er als Arzt behandelt hat, meint, es seien Säcke in den Abteilen gelagert, die Korn oder Mehl enthielten. Andere wollen freilich wissen, in den Säcken sei Napalm. Doch so recht interessiert sich keiner dafür.

Die Aussicht, im März Erdbeeren ernten zu können, beschäftigt alle, die einen Garten haben. In einem kann man ja sichergehen, die Mentalität der neuen Herren zu treffen: sie propagieren Landwirtschaft, Gartenbau. Denn in den Tagen der größten Ungewißheit hatten wir Flugblätter in unseren Briefkästen gefunden, die, in unserer Sprache verfaßt, folgendes verkündeten:

1. Wir kommen.
2. Alles Land gehört dem Volke.
3. Wer Land hat, muß es bestellen.
4. Eier sind abzuliefern.
5. Alle Macht geht vom Volke aus.
6. Es lebe das Volk!
7. Nieder mit der Reaktion!

Gez.: Ortskommandant der siegreichen
Armee, General Li-weng.

Ich hielt dieses Programm anfangs für einen Scherz, wenn nicht sogar für ein Täuschungsmanöver Zis. Denn der unterzeichnende General hieß gut deutsch: Der Alte mit dem Bambushut. Doch hatte sich Zi auf mein Augenzwinkern nicht eingelassen und uns jeden Punkt ausführlich kommentiert, wobei er sich in allgemeinen Prophezeiungen erging. Wir hatten also auf seinen Rat unser Gartengerät untersucht, die Erde von den Spaten abgekratzt, die Spaten versuchsweise in die noch harte Erde (im Januar, vor dem Klima-Umsturz) gestochen. Nun gut, wenn man den Kopf damit retten konnte, warum sollte man dann nicht seinen Kohl anpflanzen.

Seltsam, daß Zi und ich, die wir sie dann auf der Chaussee empfingen, seither unbehelligt geblieben sind. Keiner hat nach uns geschickt, seit wir ihnen in der Rolle selbsternannter Vertreter des Ortes entgegengelaufen waren, kein General hat mit uns verhandelt, oder wenigstens mich als Dolmetscher angefordert.

Wir hatten die letzte Nachricht empfangen, die letzten Bilder gesehen. Die Lage schien undurchschaubar. Die Vereinigten Armeen kämpften heroisch, die Waffen blinkten und zerflossen gleichzeitig auf dem unscharfen Bildschirm. Der Krieg schien weit, die Grenzen unverrückbar, die Stimme des Sprechers zuversichtlich.

Da verloschen die Bilder wie ausgewischt, die Sprecher erstickten im Satz (beim Wetterbericht). Noch in der Nacht wurde die Heimwehr alarmiert und saß dann tagelang bei Bier und Skat auf den harten Stühlen des Versammlungsraumes. Ins Zentrum der Hauptstadt ausfahrende Züge kehrten nicht zurück. Reisende im einzigen Gegenzug, der uns noch erreichte, berichteten vom unmittelbar bevorstehenden Einzug einer unbekannten Armee. Zi nickte und stellte keine Fragen, worüber ich mich anfangs wunderte. Mit dem letzten Zug kam Falk, und Zi nahm ihn bei sich auf, als seine Rückkehr in die Hauptstadt unmöglich wurde.

Damals versuchte ich noch, die unbestimmte Bedrohung abzuwenden, indem ich in der dritten Person aufschrieb, was geschah. So auch jenen Nachmittag:

Auf sich angewiesen also saßen sie am kleinen Tisch im ringsum verglasten Zimmer. Der See lag winterlich still vor den Fenstern, graue Rauchfahnen stiegen in einen schneeträchtigen Himmel. Zi erinnerte, daß im Reich der Mitte Neujahr bevorstünde. Die Öfen brannten, der zu Ende gehende Nachmittag würde nur noch mit Kerzen und Petroleumlampen verlängert werden können, da es seit Mittag keinen Strom gab.

Wenn wir sie empfangen wollen, meine Lieben, sagte Zi, dann mit Neujahrssprüchen.

Falk war unterbrochen worden: Er beschrieb den letzten Tag in seinem Betrieb in der Hauptstadt. Es war Luftschutz geübt worden.

Elf Uhr vormittags, erzählt Falk und sein unverbrauchtes Knabengesicht glänzt. Der Chef läßt über Hausfunk eine Durchsage an sämtliche Mitarbeiter gehen: Luftschutzübung. Es muß überall verdunkelt werden. Die Büroräume sind zu diesem Zweck mit schwarzen Rollos versehen worden, die nun herabgelassen werden. Die Sekretärinnen und Schreibdamen sind aufgeregt; sobald es dunkel wird, zupfen sie an ihren Blusen und Pullovern. Das Licht ist im ganzen Haus abgedreht worden, man behilft sich mit Kerzen, Notlichtern, Petroleumlampen, die ein antiquitätenliebender Mitarbeiter zur Verfügung gestellt hat. Die Armee hat für derlei Übungen (eine Standardübung, einmal monatlich abzuhalten) ein Tonband geschickt. Die jungen Aushilfen, die das Tonbandgerät zu bedienen haben, wissen, daß das Band nur auf einer Seite die mitgeschnittenen Sirenen, Bombeneinschläge, Fallgeräusche speichert, die zweite Spur konserviert Schlagermusik. Für gewöhnlich, sagt Falk, drehen sie die falsche Seite auf, bis der Chef sich beschwert. Dann geht es richtig los. Das Signal dafür ist das bekannte Geräusch eines die Schallmauer niederwerfenden Düsenjägers. Im Lagerraum für Isotopen werden Rauchtöpfe gezündet, die einen sich rasch ausbreitenden Feuerherd vortäuschen sollen. Behelmte Männer rücken vor und durchsuchen die Isotopenkammer, das Herzstück der Produktion. Alarmsirenen durchschneiden das Haus. Ein richtiger Alarm würde jetzt für einen falschen gehalten werden, da alles im Haus echt abläuft. Falk und seine Abteilung, junge Physiker, Laboranten, versuchen die Vorschriften bei echtem Alarm einzuhalten. Sie eilen auf die Höfe, die leeren Aktentaschen in der Hand, die bei Zündung von A-Bomben (bei Alarmstufe 3), wenn also die Bombe weitab gezündet wurde, über die Köpfe, besser, die Köpfe in die Taschen zu halten sind. Der die Szene leitende Offizier der Armee aber scheucht sie zurück ins Haus unter Hinweis auf den falschen Probealarm. Im Haus geht alles seinen vorgeschriebenen Gang. Der Chef telefoniert nach Vorlage eines Drehbuchs, das die Armee in engem Kontakt mit dem Betrieb ausgearbeitet hat. In der Stadt beginnt es zu schneien.

Falk, die Stimme seines Chefs imitierend, träger unausgeschlafener Baß: »Wie steht es mit der Gasversorgung, Herr Ingenieur?« Dieser, eine helle servile Stimme: »In bester Ordnung, Herr Direktor! Der Hausvorrat reicht für 22 Stunden.« Direktor: »Danke, das reicht. Ist die Wasserversorgung garantiert?« Ingenieur: »Einen Moment, Herr Direktor. Ich will mich gleich mal vergewissern. (Pause) Ja, es läuft!« Der diensthabende Pförtner wird ins Gespräch genommen. Der Pförtner: »Hier kommt eine Meldung für Sie, Herr Direktor: Das E-Werk brennt ab!« Direktor: »Die Lage spitzt sich zu. Bitte der Belegschaft ausrichten: Es gilt auszuharren! Unser Selbstversorgungsnetz hält vor!«

Die Aushilfen, die das Tonbandgerät bedienen, blenden an dieser Stelle ein Feuerwerk munterer Detonationen ein. Falk lugt durch ein Rollo in die Stadt. Es schneit aus einem sonnengrauen Himmel. Die Stadtbahnen fahren.

Wir lachen über Falk, der sich die Brillengläser putzt und Thee trinkt. Zi kann einmal mehr seine Glossen über Sinn und Unsinn der Wissenschaften zum besten geben.

Stellen Sie sich vor, sagt Zi, daß sie alle in die Luft gegangen sind. Mitsamt Nachtdienst und Pförtner, bei den Angriffen. Die Kausalreihen des Alters gehen meist letal aus. Falk ist verlegen und rührt in seiner Tasse.

Die Neujahrssprüche, erinnere ich. Wir müssen sie gebührend empfangen. Hier ist Farbe.

Richtig, sagt Zi. An die Arbeit.

Du malst die Sprüche nach unseren Vorlagen auf, sage ich zu Falk, der eine gute Hand schreibt. Die Schriftrollen tragen wir, Zi und ich. Zi weil er alt ist und würdig aussieht. Die Kwan-yins haben Ehrfurcht vor dem Alter.

Oder die Kwan-yüs, sagt Zi und wiegt den Kopf.

Beide Namen hatte Zi ins Gespräch gebracht. Eine gewisse Unsicherheit der Begriffe sollte uns womöglich darin täuschen, daß er nicht alles wußte.

Die Mittler, sagte Falk scherzend.

Das Reich der Mitte, erwiderte Zi, hat von jeher zwei Gottheiten angebetet: den Gott des Krieges und den des Friedens. Grausam der eine, fuhr Zi fort, umgeben von den Fellen erbeuteter Tiere wird er dargestellt, mild der andere, ein Kind schmiegt sich an sein Gewand. Es ist seltsam, daß der Kriegsgott in nur einer Gestalt dargestellt wird. Der Friedensgott hingegen in dreiundfünfzig Inkarnationen.

So viele Rollen haben wir gar nicht, sagte Falk, den das historisierende Gerede des Alten nervös machte.

Wir hockten uns auf die Strohmatten. Zi breitete

Papierrollen aus, deren Enden er an Bambusstäbe heftete. Auf die Innenseiten der Rollen malte Falk mit schwarzem Pinselstrich die Sprüche auf, die ich mit dem Kugelschreiber vorschrieb. Li, meine Frau, brachte Thee in der bauchigen schwarzen Kanne, aus der, wie mir schien, der unversiegbare Strom seit Jahrzehnten in die Schalen geflossen war. Wir müssen ihr Geistiges ansprechen, sagte Zi. Die älteste Kulturnation der Welt.

Die Erfinder des Feuerwerks und des blauen Porzellans, sagte Falk.

Die Kwan-yins oder der eine Kwan-yü? fragte ich. Zi gebot mir mit einem Blick, die beiden Namen zu vergessen. Er legte sich das graue Haar, das er sich selbst vor dem Spiegel mit Hilfe eines zweiten Spiegels schnitt, im Nacken zurecht und sagte: Ich verspreche mir ja sehr viel vom nun einbrechenden Zeitalter. Es ist ja undenkbar, daß die alten Lehren nicht noch heute wirksam sind. Freilich, die Kampftruppe wird vielleicht nicht viel taugen, sicher Fremdvölker. Aber die Offiziere, die Generäle! Undenkbar, daß ihnen die Meister der Bambusblüte oder des grauen Felsens nichts mehr zu sagen hätten.

Falk pinselte mit Hingabe. Wir tranken Thee. Im Kerzenlicht bewegten sich unsere Schatten übergroß an den Wänden und verschmolzen zu Fabelwesen, wenn wir uns einander zuneigten.

Später, bei unserer Rückkehr, zerriß eine Rolle und wir ließen sie in einer Waldlichtung liegen.

26. Februar
Es schneit. Ich gehe müßig genug, dieses Tagebuch schreiben zu können. Zuviel Muße könnte der Anfang von Literatur sein. Doch was hier romanhaft beginnt, wird sein Ende in der Zeit finden. In Wahrheit mag es nur der Hang des Historikers sein (der freilich vor Jahren aus seinem Amt verjagt wurde), mit einer Chronik der Ereignisse künftigen Historiographen die Erkenntnis unserer Lage zu ermöglichen. Zu welchem Zweck? Ich weiß es nicht. Doch wie es Leben gibt, solange die biologische Kette nicht abreißt, gibt es das Muster einer geistigen Ordnung, solange eine Schrift entziffert werden kann. Ein Tagebuch jedenfalls ist eine bequeme Handhabe, sich über die Geschehnisse um uns zu erheben, ohne diesen einen Sinn geben zu müssen.

So sitze ich hier zur Nachtzeit, der Bartwuchs einer Woche schwärzt mir das Gesicht, ich trinke den selbstbereiteten Thee, denn nichts ist dem Arom abträglicher als eine mürrische Bedienung, wie es im Ch'asu heißt, und das gute Gespräch in tiefer Nacht, das der Ch'asu fürs Theetrinken empfiehlt, ist ein Selbstgespräch. Ich rauche. Nach dem Orkan der letzten Tage ist es windstill im Garten. Li, die Katze, liegt auf dem Sofa und leckt sich das Fell glatt.

Wie sie damals durch den Wald zur Chaussee zogen, Zi und er, die eingerollten Papierfahnen unterm Arm, woher konnte Zi gewußt haben, daß an diesem Nachmittag die Truppe einmarschieren würde? Er hatte so ein Gefühl gehabt, doch wußte man bei ihm nicht, ob er Intuition meinte oder eine aus Nachdenken und spärlicher Information gemischte Anleitung. Der Dorfpolizist saß noch immer im Gemeindehaus. Ein paar Hände winkten ihm zu, als sie vorbeikamen. Es war ein Dienstag. Das Wetter war schlecht, naß, wenn auch überm Gefrierpunkt. Der Wald roch nach Regen und verborgener Modrigkeit. Der freiere Durchblick durch kahles Geäst ließ eine Lichtung erraten, endlich die Straße am Ende des Waldes. Das zeitmessende, langausschwingende, in der Ferne sich verlierende Geräusch der Stadtbahn fehlte. Das machte die Stille bedrohlich. Zi ging nachdenklich, den Kragen seines schwarzen Mantels, in dem er geboren zu sein schien, hochgeklappt; er lief mit den Schritten eines alten Mannes, die wie die eines Kindes dazu neigen, sich ohne Wissen des Kopfes selbständig zu machen. Sein Begleiter lief in seinen abenteuerlichen Schuhen, die Teil seines Ausdrucks waren. Er hatte sich Nachlässigkeit angewöhnt, seitdem er seine offizielle Stellung verloren hatte, Protest und willkommene Abwechslung zugleich, nun bärtig, verschlampt herumgehen zu können, ohne auf die Etikette einer Akademie achtgeben zu müssen. Die Vormittage mit Übersetzungen zubringend, die das Lebensminimum garantierten, konnte er nachmittags in den Schriften lesen, die ihm Zi gab. Lief so neben dem Alten, hochgeknöpfte blaue Jacke, dunkle Hosen, die ausfransten. Barthaare dünn, unregelmäßig nach Art der Weisen aus dem Reich der Mitte, die, je älter sie wurden, jenen Lo-hans glichen, aus deren abgeschnittenen Augenbrauen und Wimpern Theepflanzen wuchsen.

Der Alte trug die Rollen so unterm Arm, daß er beide Hände in die Manteltaschen stecken konnte.

Eine weiße Fahne, sagte ich nach einer Weile. Wir hätten was Weißes mitbringen sollen, daß sie unsere friedlichen Absichten schon aus der Ferne erkennen.

Da haben Sie recht, sagte Zi. Wir waren vergeßlich. Haben Sie ein Taschentuch? Ich meine, eins das weiß genug ist für unseren Zweck.

Ich grub die Hand in die Tasche und zog etwas hervor. Es war ein weißgewaschenes, steifgebügeltes Taschentuch, das mir meine Frau mitgegeben hatte. Ich faltete es auseinander, und Zi und ich bestaunten eine Weile die Geometrie der Bügelfalten. Wie, sagte er, wenn die Gründlichkeit Ihrer Frau uns das Leben rettet, mein Lieber. Ich bewunderte seinen milden Humor, als könne er den Problemen der Ehe nichts als Freude abgewinnen. Ich dachte über meine Frau nach, um mich abzulenken, konnte mich nicht erinnern, wie viele Jahre wir verheiratet waren. Dreizehn?

Also, sagte ich, einer hält das Taschentuch in der Linken und winkt.

Sie winken, sagte Zi. Sie tragen nur eine Rolle.

Aber ich brauche beide Hände, um meine Rolle auseinanderzuziehen, gab ich zu bedenken.

Wenn sie zuerst mit Hubschraubern kämen, sagte Zi, könnten wir die Rollen über die Chaussee ausbreiten, ich meine quer, und sie an den Enden mit Feldsteinen beschweren.

Wieso quer, sagte ich.

Wieso nicht, sagte Zi. Besser, wir lassen uns auf keine Experimente ein.

Da haben Sie recht. Sie winken, und ich halte die erste Rolle auf, so gut es geht. Welche wollen wir ihnen zuerst zeigen?

Ich überlegte, ich wußte auch nicht mehr, was auf welcher Rolle stand. Wir hielten an und sahen nach. Zuvor steckten wir uns eine Zigarette an, die wir jetzt nur noch gezählt rauchten, seit in der Kooperative die Vorräte aufgekauft worden waren und die Verkäuferinnen von frischer Ware nichts wußten.

Würde ja gern wissen, was aus den Atlantiden geworden ist, sagte Zi und rauchte mit Genuß.

Staub und Asche, sagte ich. Ihre Ausstrahlung werden wir noch zu spüren bekommen. Unliebsam vermutlich.

Das will ich nicht mal sagen. Gibt ja auch günstige Strahlung, wetterbeeinflussend und anderes. (Darin sollte er recht behalten).

Hoffen wir das Beste, sagte ich. Wir rollten die Rolle, die ich trug, ein wenig auf und lasen die Worte IM WASSER WIRD.

Alles klar, sagte Zi: EIN DRACHE IM WASSER WIRD ZUM GESPÖTT DER KRABBEN. Wenn sie das mal nicht mißverstehen, oder was meinen Sie?

Auf den anderen beiden Rollen stand: WIE DIE BLUMEN DAS FRÜHJAHR GRÜSSEN WIR EUCH, SOLDATEN! UND: HALTET DIE MITTE EIN!

Das war der Rat, erklärte ich, den Kaiser Yao bei seiner Abdankung dem Kaiser Shun gab. So werden sie merken, daß wir uns auskennen. Zi blickte mich eine Weile eindringlich an und sagte: Haltet die Mitte ein, seltsam, wie sich dieser Spruch vom Meister auf den Schüler vererbt.

Ein Kaiser an den andern, sagte ich, das ist doch nichts weiter als platte Staatsräson.

Zi schüttelte den Kopf, sagte aber dann: Nehmen wir doch das mit den Blumen zuerst.

Dann liefen wir weiter. Wir gingen durch Kiefernwald, den Birken hell sprenkelten.

Kiefern im Nachmittagsschein, sagte Zi leise und blickte bewundernd hoch zu den Kronen.

Weiß der Teufel, über welche unterirdischen Waffenlager wir gerade gehen, sagte ich und hatte Lust, meine Schuhsohlen zu untersuchen.

Ja, sagte Zi, legen wir doch einen Schritt zu.

Die Chaussee unter uns blinkte auf, ein weißes Band im grauen und blauen Winterlicht. Wir verfingen uns im Gehen im hohen Gras, das an der Böschung wuchs. Zwischen Schilf in zierlichen Böten . . . Wir haben ihren Kunstsinn nicht bedacht, sagte ich, eine Zeile der Meister des Schilfrohrs oder der Wasserrose hätte sie vielleicht mehr beeindruckt.

Zi nickte, hatte aber nicht zugehört. Wir standen jetzt auf der Straße, die sich uns rechts in einer Biegung entzog, links aber bis zum Fluchtpunkt zu verfolgen war. Es war am Kilometerstein 34,3, der kreideweiß die Straße markierte.

Hier, sagte Zi und spähte mit seinem gesunden Auge aus. Hier müssen sie durchkommen.

Ich sah ihn an. Er schien etwas zu wissen, das er mir verbarg.

So also standen wir am Fuße des Hochwaldes, bereit, das eine Zeitalter gegen das andere einzutauschen. Die einziehende Armee kam von rechts: Fußsoldaten in Begleitung leichter Artillerie. Dunkelgrüne Uniformen. Ich hörte sie zuerst, als Zi noch unverwandt nach links spähte.

Sie kommen, sagte ich. Ich höre Marschtritte.

Ich nahm das Taschentuch in die Rechte, Zi legte langsam eine Rolle zu seinen Füßen nieder und entfaltete bedächtig, damit die Tusche nicht brach, die zweite Rolle – so weit seine Arme sie ausspannen konnten.

Später erkannte ich unseren Irrtum: wir hätten die Rollen vertikal halten sollen, nicht horizontal; der Schrift wegen, die von oben nach unten gelesen wird. Dazu freilich hätte unsere Größe nicht ausgereicht, wir hätten Stangen mitnehmen müssen oder die Rollen beizeiten über die Äste der nahen Bäume hängen sollen. Aus der Ferne aber hätten sie so vom Wind unheimlich bewegten Vogelscheuchen geglichen, und die beunruhigte Armee hätte sie als Zielscheiben benutzt. Zi hielt seine Rolle auf wie eine Ziehharmonika, und den Kwan-yins (wie wir sie von nun an respektvoll nennen wollen) muß der Anblick der liegenden Schrift wie eine Barbarei vorgekommen sein.

Dennoch: Wir brachten die Armee zum Stehen. Sie war unüberschaubar in der Biegung der Straße. Befehle liefen durch die Reihen nach hinten, daß die Kolonne erzitterte wie ein sich ringelnder Drachenschwanz. Zwei Mann mit Maschinenpistolen vor der Brust traten uns entgegen und riefen in verständlichem Deutsch nach unserem Begehr. Zi war es, der zuerst sprach, und da er zu seinen Worten die Hände bewegte, wie es seine Art war, rollte das Papier jedesmal in sich zusammen, als trauten wir uns nicht, zu zeigen, was wir uns zur Begrüßung ausgedacht hatten. Die Kwan-yins schauten und kniffen den Mund ein.

Was stehen Sie hier, bitte, sagte der eine.

Warum warten Sie hier, bitte, sagte der andere.

Wir entbieten Ihnen, sagte Zi, die Willkommensgrüße unseres Ortes, der sich kampflos ergeben wird. Sie erreichen den Ort, wenn Sie immer geradeaus laufen, die Chaussee führt direkt auf ihn zu.

Danke, sagte der eine. Sind Sie Gelehrter?

Ein wenig, ja, sagte Zi. Medizin, krank, ergänzte er in einem improvisierten Pidgindeutsch.

Ich sagte ihnen jetzt in ihrer Sprache, daß wir ihnen zum Neujahr gratulieren, und wies auf die Rollen. Ich reichte ihnen meine, die sie, da sie besonders lang war, gemeinsam aufzogen und schrägen Halses lasen. Die Brauen in ihren wie geschminkten Gesichtern liefen jäh zur Nasenwurzel. Der Zug hinter ihnen stand waffendrohend.

Danke, sagte der andere und gab mir die Rollen zurück, nachdem sie gemeinsam das Papier eingerollt hatten, bis beide Bambusenden aufeinanderlagen.

Hierauf riefen sie ihrer Truppe etwas scharf Prononciertes zu, das ich nicht verstand, und der Zug setzte sich langsam in Bewegung. Ich hatte noch immer das Taschentuch in der Hand, mit dem ich mir jetzt den Schweiß von der Stirn wischte.

Wir ließen die ersten Gesichter auf uns zu vorbeiziehen, und als unsere Verlegenheit ihren Höhepunkt erreichte, kehrten wir um und stiegen über die Böschung in den nassen Wald. Wir schauten erst zurück, als wir genügend Baumstämme hinter uns wußten.

Machen guten Eindruck, die Männer, sagte Zi, als wir wieder in Nähe der Lichtung waren, und schwieg dann, wohl um unsere unbestimmt verlaufene Mission nicht erst zur Sprache zu bringen. Die Kolonne bewegte sich noch immer dumpf und metallisch klirrend über die Asphaltdecke der Chaussee, die um den See herum auf den Ort zuführt.

Wieder am Ufer des Sees, stiegen wir in mein Motorboot und fuhren über das stille Wasser des Spätnachmittags. Unterwegs fiel mir ein, daß dies der letzte Sprit war, den ich im Tank hatte. Bei gutem Wetter ist mir das Ruderboot ohnehin lieber.

28. Februar

Wir sind ratlos. In der Nacht ist Zi verhaftet worden. Ich muß auf die Kommandantur, um etwas zu erfahren. Seine Frau sitzt weinend vor unserem blinden Fernsehapparat. Seit Tagen hat das Wetter merkwürdig umgeschlagen. Ich sitze in Hemdsärmeln und schreibe vor einem Strauß über Nacht erblühter Forsythia.

2.
Die Mauer

22. März
Ich bin in diesem Jahr beizeiten mit Papier und Arbeitsgerät in den Pavillon in der Nordecke des Gartens gezogen. Das Wetter erlaubt es, bis zur späten Abendstunde im offenen Hemd, Sandalen an den nackten Füßen, am rohen Holztisch zu sitzen, bei offenem Fenster. Im Garten weißer und blauer Flieder, Faulbäume in Blüte, wuchernde Riesenfarne. Ich habe das Theegeschirr ausgespült, in der Wölbung der Kanne die Theeränder betrachtet, die noch aus dem vorigen Jahr stammen, Ringe von verschiedener Farbgebung wie Nachrichten aus einer Zeit, da alles normal und geregelt war, Zeitungen in den Briefkasten gesteckt wurden, welche einem die Welt nach einfachen Systemen nahe brachten; und Briefe, die einem die Zeitungswelt ausschmückten. Ein paar Bücher liegen auf dem Fensterbrett, verstaubt vom Winter, kleine Spinnen haben sich zwischen die Seiten geschlichen, ihre Neugier mit dem Leben bezahlend; klassische Autoren in fremden Sprachen, statisch geworden in ihrem Denken durch die Jahrhunderte, die sie von uns trennen. Unnötiger Ballast in Zis Augen, für den eine Versenkung ins Ich genügt, den Forderungen des Alltags mit einer einfachen Geometrie zu begegnen. Nicht der spaltende Verstand soll lesend genährt werden, sondern die Güte des Verstehens in der Kontemplation

geübt werden. Für den Jüngeren eine schwierige Aufgabe.

Das siedende Wasser entfaltet die Theeblätter. Ich schlage mein Diarium auf und fahre mit den Aufzeichnungen fort.

Ein Monat war vergangen seit dem Einzug der Kwanyins. Das Verschwinden Zis brachte die erste Beunruhigung. In der Nacht darauf, als ich im Bett mit meiner Frau unser Verhalten für die Zukunft besprach, fielen Schüsse. Jetzt haben sie doch noch Widerstand gefunden, sagte ich und richtete mich auf. Li ging ins Kinderzimmer, die Kinder zu beruhigen. Die aber hatten nichts gehört. Wir traten ans Fenster und konnten uns über die Richtung nicht einigen, aus der die Schüsse kamen. Dann war Stille wie zuvor, aber wir hatten keine Lust mehr, über die Zukunft zu reden.

Am nächsten Morgen, auf dem Weg zum Gemeindehaus (der Kommandantur), wo ich Zi vermutete, erfuhr ich von den Nachbarn, was in der Nacht geschehen war. Womöglich hatte man sich auch nur eine Lesart zurechtgelegt. Es war eine Hinrichtung gewesen, und sie hatten vermutlich den Bürgermeister, den Kommandanten der Heimwehr und den Vorsitzenden des Ortsverbandes der Partei der Arbeit, liquidiert. Das zu wissen, oder zu meinen, brachte den Leuten im Ort eine gewisse Erleichterung. Denn man konnte nun eine drohende Feindschaft zwischen den alten und den neuen Herrn vermuten, und sich also der neuen Ordnung unverdächtig machen, wenn man alles von sich wies, was der alten Ordnung gegolten. So konnte man noch am Vormittag beobachten, wie die Müllhalde am Ortsende wuchs und wuchs von den zerschlagenen Emblemen, Bildern und zerrissenen Losungen der alten Ordnung. Auch die Durchhalteparolen der letzten Kriegstage waren darunter. Soweit schien alles auf eine normale Wachablösung hinzuweisen, der Sieger richtet den Besiegten usw. Doch wer beschreibt unsere Verwirrung, als einen Tag später, in der dritten oder vierten Morgenstunde, drei Soldaten der neuen Armee vor dieselbe Mauer gestellt und hingerichtet wurden; und wie zur Abschreckung bis zum Mittag im Sand liegenblieben.

Die für die Hinrichtung ausgesuchte Mauer stand in einem herrenlosen Grundstück, die einzige Ruine im Ort, die Rückwand eines vor Jahren aus Altersschwäche und Verwahrlosung eingestürzten Gebäudes, das vor einem Jahrhundert einem unbekannten Schriftsteller gehört hatte. Zi und ich gingen gelegentlich hier spazieren, betrachteten im Herbst die Ebereschen, die mit dem Weißgrau der Mauer harmonierten, und stellten unsere Betrachtungen an über die Hinfälligkeit der Zeit und des Lebens. Soweit das kräftig wuchernde Dickicht der Sträucher und Hekken es erlaubte, war die Mauer von den benachbarten Häusern aus einzusehen.

Da ich um die Mittagsstunde vor dem Grundstück stand, erinnerte nichts an die grauenhafte nächtliche Szenerie, an die zerfetzte Stille, an die Verurteilten im Lichtkegel von Lastwagenscheinwerfern. Mittagslast lag nun über den Steinen, Mörtel bröckelte ab und fiel als kleine Staubfahne zu Boden. Man stellt sich den Schriftsteller vor, wie er an der Wand seines Zimmers lehnt und an die Zukunft denkt oder an eine Figur. Ich hatte Angst, die Mauer aus der Nähe zu betrachten, nach Einschußspuren zu suchen. Sollte die Armee am Ende doch vom Kriegsgott Kwan-yü ausgeschickt worden sein, uns zu vernichten? Ich warf einen Kieselstein an die Mauer und ging davon.

23. März
Ich zögerte, zur Kommandantur zu gehen. Nach den nächtlichen Schüssen riskierte man, festgenommen zu werden. Es schien unmöglich, an unsere Begrüßung der Armee auf der Chaussee zu erinnern. Auch Falk, der zu uns gezogen war, wußte nicht, ob ein Gang zur Kommandantur empfohlen werden konnte. Mit der Logik der alten Zeit war nicht zu argumentieren.

Wir saßen in der Enge meines Pavillons. Ich rauchte. Schweigend hörten wir auf die Vögel.

Ich muß gehen, sagte ich. Schließlich bin ich ein Opfer des alten Systems, denn wurde ich nicht aus der Akademie entfernt, vor Jahren?

Falk probierte alle Sitzgelegenheiten im Raum aus.

Und: Man wird mich brauchen, sagte ich. Ich beherrsche ihre Sprache, Zi und ich haben uns schon immer im Reich der Mitte ausgekannt, in den Lehren der Meister.

Kwan-yü oder Kwan-yin? fragte Falk spöttisch. Mich interessiert vor allem das Farnkraut, sagte er und trat ans Fenster. Es war ein merkwürdiges Gewächs, das wir selbst im Hochsommer in anderen Jahren nie gesehen hatten.

Ich trat hinaus, lief durch den Garten zum Bootssteg, sah über den ruhigen See bis zum Wald. Dann ging ich ins Wohnhaus, die Kinder saßen am Tisch und malten geistesabwesend, als schliefen sie, mit Farbstiften auf Packpapier.

Was malt ihr, sagte ich und hatte Zärtlichkeit für sie, als ginge ich auf eine längere Reise.

Wir sind die Schreiber des Generals Li-weng, verkündete Robert und zeigte mir sein Blatt. Wir malen Bilderschrift. Da oben sitzt der Kaiser Li-weng und es sollen so viele Männer in unserem Ort getötet werden, wie er Zehennägel hat, nämlich: dreihundertneunundneunzig. Hier unten sind die Köpfe der schon Getöteten. Das sind siebenundzwanzig. Ob ich die übrigen dreihundertdreiundsiebzig aufs Blatt drauf kriege, weiß ich noch nicht.

Und ich, sagte Jessica, die zwei Jahre älter als ihr Bruder ist, male die Verklärung der dreihundertneunundneunzig: wenn sie über die Brücke aus Jade gehen, sind sie gerettet und kommen alle ins Reich der Mitte.

Her mit dem Unsinn, sagte ich böse und nahm, was sie gemalt hatten, und zerriß es. Sie rannten heulend aus dem Zimmer, in die Arme ihrer Mutter.

Ich weiß nicht, warum du deine schlechte Laune an ihnen auslassen mußt, sagte Li und tröstete sie, ohne nach dem Grund meines Ärgers zu fragen. Wie stets in der Vergangenheit würde auch diesmal die Welt nicht untergehen, solange Kinder sich bei ihren Müttern ausweinen konnten.

Ich verließ das Haus ohne Abschied und befand mich nach Minuten auf der Hauptstraße. Die Straße war staubig, heiß, meine Schuhe färbten sich grau, was ich nicht als unangenehm empfand. Ich lief schnell und dachte an Zi. Der Staub legte sich unter die Augenlider und auf die Zunge.

Zu meiner Überraschung war es De-zah, die ich im Vorzimmer des Kommandanten antraf. Sie sah noch immer aus wie zwölf Jahre alt, trug aber Uniform. Sie schien nicht erstaunt, mich zu sehen. Ich hatte als Student bei ihrer Mutter zur Untermiete in der Hauptstadt gewohnt. Ihr Vater lebte seit ihrer Geburt auf einer Insel im Stillen oder Indischen Ozean. Das war lange her. Hätte ich die Jahre nachgezählt, wäre ich auf das Alter des Mädchens gekommen.

Ich staunte De-zah an, betrachtete die Art, wie sie die Uniformbluse trug, den Kragen offen, die Ärmel aufgerollt bis zur Armbeuge. Sie sprach noch immer den Dialekt, den sie als Kind in der Hinterhofwohnung ihrer Mutter gesprochen hatte. Daß ich hier wohnte, wußte sie vermutlich aus der Einwohnerkartei des Gemeindehauses. Sie gab mir die Hand, und ich wußte wieder, wie es bei ihrer Mutter ausgesehen hatte, die in der Hüfte lahmte. Es hatten sich in dem Zimmer, das ich bewohnte, die Rückstände aller Untermieter vor mir abgelagert. Jeder hatte die Möbel nach seinem Geschmack verschoben, was man an den Lichtungen erkannte, die die sonst rotschwarzen Tapeten zeigten. Ich versuchte ihre

Hand festzuhalten, um mich genauer zu erinnern. Sie entzog sie mir. Ich sagte ihr gleich, daß ich hier als Privathistoriker lebe und mich freue, sie wiederzusehen, was sie höflich hinnahm. Ich bin auf Ämtern immer zu freundlich, was den Nachteil hat, freundliche, aber ungenaue Auskunft zu erhalten. Ich nahm mich zusammen und sagte: Ich möchte den General sprechen. Sofort.

In welcher Angelegenheit, bitte, sagte De-zah.

Es geht um einen Bekannten, einen Maler und Arzt aus dem Ort, Remann. Er ist gestern verhaftet worden. Von Ihren Leuten.

De-zah fächerte Papiere auf, die, wie ich über den Schreibtisch hinweg erkennen konnte, in fremder Sprache nicht geschrieben waren. Wer weiß, ob ihr Vater ihr soviel von der Sprache aus dem Reich der Mitte hinterlassen hatte, daß sie sich auch nur in den Elementarzeichen auskannte.

Sie war nach der Schule in einem Reisebüro angestellt gewesen, und Zi hatte wohl recht in seiner Vermutung, die neuen Herren hätten beizeiten ihre fünfte Kolonne aufgebaut. War auch Zi dabeigewesen?

Sie warten bitte, sagte De-zah und besah erst ihre seltsam brüchigen Fingernägel, ehe sie ins Nebenzimmer trat. Später erklärte ich mir den Zustand ihrer Nägel: Sie hatte sie seit dem Ende ihrer Arbeit auf dem Reisebüro nicht mehr lackieren können, weil die Armee vermutlich keinen Nagellack in ihren Vorräten mitführte.

Ich hatte Zeit, mich umzusehen. Ein Bürozimmer

wie viele im ehemaligen Gemeindehaus. Ein Kalender mit dem Blatt vom vorigen Monat, ein Schrank, tote Fliegen auf dem Fensterbrett, ein Bild des Großen Denkers und Lenkers an der Wand.

Ihre Mutter, besann ich mich, lahmte nicht in der Hüfte, sie hatte einen verkrüppelten Fuß, wie er im alten Reich der Mitte zum Schick der wohlhabenden Damen gehörte und als besonderes erotisches Attribut galt. Hatte sie deshalb die Liebe des fremden Kaufmanns gefunden? Alles andere war derb und landesüblich an ihr gewesen, was nicht recht paßte zu den kleinen Möbeln aus Kirschholz, die ihr der verschwundene Gatte hinterlassen hatte.

Ich blickte unverwandt auf die Türklinke. Zi mit einmal im Türrahmen stehen zu sehen, zog mich vom Stuhl. Ich eilte auf ihn zu, Überraschung auf der Zunge. Er sah ausgeruht aus, trug seine helle Leinenjacke über einem dunklen Hemd. De-zah schob sich an ihm vorbei zu ihrem Schreibtisch.

Tag, mein Lieber, sagte Zi, der manchen Umgangston beibehalten hatte aus der Zeit, da er ein Jüngling und seinem Vater, einem Domprediger, entlaufen, bei der Kavallerie gedient hatte. Sein gesundes Auge leuchtete in Wiedersehensfreude.

De-zah betrachtete ihre Fingernägel und sagte: Der General läßt bitten, zu ihm zu kommen.

Große Dinge bereiten sich hier vor, flüsterte mir Zi ins Ohr, und ich nickte, an die Erschießungen an der Mauer denkend.

Ja, sagte ich.

Der Bürgermeister ist tot, wie Sie wohl wissen, Zi

begrub ihn mit einer Handbewegung. Was haben Sie denn erwartet, sagte er.

Kommen Sie bitte, mahnte De-zah und ging uns über den Flur voran. Sie führte uns über die Treppe des Gemeindehauses, in dem es bedrohlich still war, zu einer höheren Etage. Ein Posten saß, den Karabiner zwischen den Knien, auf einer Wartebank. Das Mädchen nickte ihm zu, öffnete eine Tür, nickte auch ins Innere und ließ uns, an der Tür stehenbleibend, eintreten. Sie schlug dabei die Augen nieder, wie sie es schon im Flur ihrer Mutter getan hatte. Unter einer gerahmten Fotografie des Großen Denkers und Lenkers saß der General. Er wies uns Stühle an, die vor seinem Schreibtisch standen. Ich verneigte mich und glich die Unhöflichkeit, als Erster zu sprechen, durch einen ausgewählten Satz aus: Der kleinere Bruder des großen Bruders aus dem Reich der Mitte, das seine Himmelssöhne im Zeichen Kwan-yins in diese ferne, unbedeutende Provinz aussandte, bietet untertänig seine Dienste an. Ich sagte das in Tonfall und Art des südlichen Dialekts, den der General, wie ich bei der Begrüßung zu hören geglaubt hatte, sprach.

Zi benahm sich, als säße er vor einem Gleichrangigen, zumindest Altvertrauten.

Der Alte mit dem Bambushut, der sich uns zuerst auf einem Dekret zu erkennen gegeben hatte, war ein junger Mann. Er beachtete nicht nur meine kunstvolle Aussprache nicht, er sprach uns sogleich in unserer Sprache an, so daß ich vermutete, einen der beiden Soldaten, die auf der Chaussee die Bambusrollen betrachtet hatten, vor mir zu haben. Li-weng trug keine Rangabzeichen. Herr Remann, sagte der General, hat den Verdacht zerstreuen können, einer sektiererischen Gruppe anzugehören, die unter Benutzung der rechtmäßigen Losungen Verwirrung gestiftet hat. Auch Sie sind somit dieses Verdachts enthoben.

Ich suchte in meiner Erregung nach Zigaretten in der Jackentasche. (Ich trug bei der Hitze eine schwarze Lederjacke, was mir unerklärlich war. Ich glaubte, in Hemdsärmeln von zu Hause weggegangen zu sein.) Der General schob mir seine Packung über den Tisch. Ich erkannte das Doppelemblem für Glück und Ehesegen und griff dankend zu.

Herr Remann ist von uns als Bürgermeister eingesetzt worden, sagte der General. Was Sie betrifft, Herr – er suchte auf einem Blatt meinen Namen, fand ihn nicht –, und als ich Zis spitzbübisches Lächeln sah, meinte ich schon, er würde mich als den Meister vom Senfkorngarten vorstellen oder ähnlich, doch er schwieg, und der General fuhr fort: So werden Ihre Kenntnisse zur gegebenen Zeit von uns genutzt werden.

Ich verneigte mich von meinem Stuhl aus. Diesmal erwiderte der Alte mit dem Bambushut andeutungsweise die Verbeugung, oder war es, daß sich sein kurzgeschorener Schädel nur über das Blatt neigte, das er in den Händen hielt.

Es lebe die siegreiche Revolution! sagte der General, als habe er diesen Satz auf seinem Blatt gefunden, und erhob sich.

Auch wir standen von unseren Stühlen auf und verharrten regungslos, während unsere Blicke zwischen dem Gesicht des Generals, das im Schatten dunkelte, und dem vom Fensterlicht angestrahlten Porträt des Großen Denkers und Lenkers hin und her gingen. In wohlriechender Spirale breitete sich der Rauch meiner Zigarette aus und verschleierte allmählich beide Gesichter.

Remann-Zi und ich sprachen unseren Dank aus, verabschiedeten uns (ohne Handschlag) und liefen rückwärts, halb abgewandt, endlich mit dem Rücken zum General die Tür erreichend, an der wieder, oder noch immer, De-zah stand und die Augen zu Boden schlug, als ich sie ansehen wollte. Der Posten saß wie zuvor auf der Wartebank und hatte den Karabiner jetzt quer über die gespannten Schenkel gelegt.

Es war alles gutgegangen; ich war dennoch ratlos und wartete ungeduldig, mit Zi im Freien zu sein, um ihn ausfragen zu können.

3.
Den Auftrag ändern

28. März
Falk las im Garten laut und mit verstellter Stimme:

»Eine Handvoll Leute innerhalb der Gruppe, die Machtpositionen innehaben und den (Grimasse Falks) Weg einschlagen, und eine sehr kleine Anzahl von Leuten, die hartnäckig an der (Grimasse Falks) Linie festhalten, finden sich jedoch mit ihrer Niederlage nicht ab. Sie haben die Lage falsch eingeschätzt. Sie spielen jetzt mit ihren neuen Tricks und belegen das proletarische Hauptquartier mit Geschützfeuer. Da die breiten Massen entschieden gegen das Bombardement des Hauptquartiers sind, benutzen manche Leute in heimtückischer Absicht die Parole ›Gegen das Bombardement des Hauptquartiers‹, um den revolutionären Massen Widerstand zu leisten. Ob jemand wirklich oder nur scheinbar die (Grimasse Falks) Linie kritisiert, soll auf Grund seiner Taten beurteilt werden . . .«

Nun, sagte Zi begütigend und kürzte Falks Lesung mit einer Handbewegung ab, man muß ja auch zwischen den Zeilen lesen.

Der Baum, unter dem wir saßen, war hoch. Gefiltertes Sonnenlicht des Spätnachmittags fiel auf Gesichter und Hände. Ich lehnte gegen den Baumstamm und besah abwechselnd meine Schuhe und die Gesichter der andern. Zi hatte Mühe, in schöner Haltung leichter Selbstverständlichkeit auf der Dekke, die meine Frau ausgebreitet hatte, zu sitzen. Gekommen war auch der Sohn des Apothekers, ehemals Student der Musik, als das Konservatorium noch nicht hinter der Sperrlinie verschwunden war, vor Jahren als streitbarer Geist von Zi in diesen Kreis eingeführt, musischer Jüngling mit lebhaften Händen und Augen. Zi musterte uns junge Leute durch sein Brillenglas und schien zu überlegen, wieweit unsere Neugier, Bereitschaft zur Abwechslung ausreichte, unser Spieltrieb vielleicht, in jene Vergangenheit zu schlüpfen, die er uns vor Li-weng angedichtet hatte.

Denn noch auf der Chaussee hatte mir Zi von den Gesprächen berichtet, die er in den Tagen seiner Abwesenheit mit dem General geführt hatte. Demnach schien unser Schicksal besiegelt gewesen zu sein. Wir waren, als allgemein verdächtige Individuen alle nur knapp dem Tod an der Mauer entronnen, unsichere Kantonisten einer neuen Zeit. Mag sein, sagte Zi, daß sie Falk übergangen hätten. Ein Naturwissenschaftler ist ja zu allen Zeiten irgendwie auszubeuten.

Falk putzte seine Brillengläser, da mir Zis Worte über ihn einfielen. Blind, eingekniffen, wie zugenäht blickten seine Augen, das Gesicht eines Riesenembryos vor der Erweckung durch den ersten Lichtstrahl.

Zi also hatte uns vor Li-weng als Anhänger ausgegeben, als alte Garde, die noch vor der Zeitenwende in den Schriften aus dem Reich der Mitte las und mit Gedanken an eine ständige Revolution schwanger ging. Wir alle hätten begriffen, was die

Parole aus dem Reich der Mitte bedeutete: den Auftrag ändern. Unruheträger waren wir gewesen, denen das Leben in Wohlstand und Sicherheit nicht genügte, unter der warmen Decke der Stagnation hätten wir an den Schlaf der alten Gesellschaft gerührt.

Ich staunte bei seinen Worten. Was hatten wir denn bewirken wollen? Hatten wir nicht den Egoismus aller durch eine eigene Variante bereichert?

Zi erklärte mit wenigen Worten, seine altersfleckigen Hände bewegend, wie wir nun vor Li-weng dastünden, und er malte die Gefahr aus, vor der uns seine List bewahrt. Aber man kann ja nur mit der Wahrheit lügen, sagte Zi, als sei er ein Romancier aus dem vorigen Jahrhundert, und so habe ich kaum etwas erfinden müssen.

Falk schwieg sich aus. Öfter sahen wir ihn nun in aller Frühe durch den Garten gehen, mit seinen langen nackten Beinen in den Farnen stehen, die unbekannte Natur untersuchend, Blüten zwischen den Fingern zerreibend und auf Gemüse und Früchte hoffend, die uns ernähren könnten. Zi hatte uns Zugang zu einer täglichen Reisration eröffnet; davon später. Falks neue Leidenschaft war die Botanik. Ob sie ihm ersetzte, was er verloren, konnten wir noch nicht sagen. Im Rauch aufgelöst hatten sich seine Isotopenkammern, und damit sein tägliches Gleichmaß an Arbeit, Schwimmen am Nachmittag in tropisch geheizten Hallen, aus lichtdurchlässigen Bausteinen, Yoga am Abend auf dem Bettläufer, den seine Wirtin vor einem halben Jahrhundert gekauft haben mochte. Sonntags die Fahrt mit der Hochbahn aufs Land zu Freunden, die, verheiratet, einen Junggesellen immer gern bei sich aufnahmen, ihm vorzuführen, was er nicht hatte. Zugleich erinnerte sein Anblick an die verlorene Zeit. Falk war jünger geblieben als wir alle. Daß auch an ihm geheime Krankheiten nagten, würde am Ende den Ausgleich bringen.

Der Apothekerssohn rauchte mißtrauisch die Zigaretten mit dem Glücksemblem, die uns Zi aus dem Gemeindehaus mitgebracht hatte. Er hätte es, wie er in schöner Beschämung mitteilte, während er seine Hände mit Feuerzeug und Zigaretten beschäftigte, nicht ungern gesehen, wenn ihn die neuen Herren mit der Bildung eines Orchesters betrauten.

Zi nickte, stimmte zu, wie es seine Art war, jedem Menschen das Beste zu gönnen.

Ich zweifelte und fragte mich, ob die Kwan-yins nicht die Lehren ihrer Klassiker beherzigten, nach denen Musik eine Sache des Teufels war.

Zi aber sagte: Warum auch nicht, Verehrter. Die Bildung muß ganz neu aufgebaut werden. Am besten auf der Grundlage eines allseitig fördernden Dekrets.

Im Ortsmaßstab aber, sagte ich.

Sie mit Ihrer Skepsis! warf mir Zi entgegen, wie die Meister des Senfkorngartens, jene Poeten, die sich weder die Haare schneiden ließen noch ihre Gärten pflegten.

Der Apothekerssohn, eine schwärmerische Natur, sah verklärt ins Baumgeäst, auf dem kleinere Vögel mit Eifer turnten.

Einen Buddha-Tempel sollten sie am See errichten und uns alle zu Klosterschülern machen, sagte ich.

Du als glatzköpfiger Tempelwächter, erwiderte Falk.

Da sind Sie gar nicht weit entfernt von der Wahrheit, sagte Zi, hüllte sich aber in Schweigen, als wir ihn ausfragten.

Indes wir hier reden, sagte der Apothekerssohn, an das Orchester denkend, das ihm Li-weng geben würde, wissen wir noch gar nicht, welche Vergangenheiten Sie uns, Herr Remann, vor dem General angedichtet haben, wenn ich mich so ausdrücken darf.

Denkbar einfach alles, sagte Zi. Ich will es gleich erklären. Nicht vergessen: Jeder holt sich noch ein paar Broschüren bei mir ab und stellt sie auffällig ins Fenster. (Falk hatte gerade aus einer solchen Broschüre vorgelesen.)

In Wirklichkeit ist der Kreis viel größer gewesen, sagte Zi. Deshalb die heimlichen Annäherungsversuche vieler Leute hier im Ort, von denen ich jetzt nichts sagen möchte. Im übrigen habe ich Li-weng vorgeschlagen, ein Dekret zu erlassen des Inhalts: Es wird nichts erfunden, verändert, gedruckt, oder vielmehr neu in den Druck gegeben für ein Jahrzehnt.

Hervorragend, lachte ich, findet meine Zustimmung.

Der Apothekerssohn schwieg. Dachte er an die Leute im Ort, die Zi zu heimlichen Anhängern erklärte? Handwerker, Gewerbetreibende, die zwei, drei Ärzte? Etwa Frau B., die einen Salon für

Fußmassage betrieb? Die Arbeiterschaft hatte in der Hauptstadt gekämpft und war nicht zurückgekommen.

Falk las ein Ahornblatt auf und betrachtete die feinen Adern. Ich bin immer für das Neue gewesen, sagte er. Ich bin dafür ausgezeichnet worden. Was es eigentlich war, wußte keiner genau, außer wenn er seinen Lohn in den Laden trug und das Verhältnis aufging. Im Augenblick ist das Neue die Botanik. Und diese Temperatur. Das gibt am meisten zu denken.

Nun schwieg auch Zi und schien an die Strahlenmessungen zu denken, die er angeordnet und die er Li-weng als Geheimdossier vorlegen wollte. Falk stand auf und ging hinunter an den See, wo ihn meine Frau und die Kinder mit Geschrei begrüßten.

Ich würde lieber nicht so viel baden, sagte Zi leise zu mir.

Der sechsundsechzig Meter tiefe Rillensee blinkte grün und schwarz durchs Geäst. 1737 hatte er sich am Weihnachtstag rot gefärbt und die erschrockenen Ansiedler in die Kirche getrieben. Am 20. März 1752 hatte eine tiefe Grünfärbung die Leute verstört. Wir betrachteten den See, als erwarteten wir, daß er sich uns in neuer Farbe verkünde. Gestern hatten wir ihm drei kleinere Fische entrissen, die nach Schlamm schmeckten. Li, die Katze, hatte die Reste verschmäht. Aus ungezählten Booten wurden Angeln ausgeworfen, aber die Beute war schmal.

Zi wollte neben seiner Tätigkeit als Bürgermeister, von der er sich nicht viel versprach, wieder als Arzt arbeiten, da Li-weng den angesessenen Ärzten im Ort mißtraute und ihm auch diese Aufgabe übertragen hatte. Zi hatte in früheren Jahren Medizin studiert, war aber aus ungeklärten Gründen nie bis zu einem Examen gelangt. Für die Strahlenmessungen des Bodens und des Wassers wollte Zi Falk als Mitarbeiter gewinnen. Falk hatte noch nicht zugesagt. Ohne Spezialisten können wir das alles nicht schaffen, sagte Zi, der früher über Spezialisten gelächelt hatte wie über Leute, die alles nur verschlimmerten. Die Zeiten sind so, sagte er, daß wir alle unser Bestes geben müssen, wenn wir am Leben bleiben wollen. Ich sah ihn freundlich an: Er rührte sich und beschützte uns, indes wir faul herumsaßen und abwarteten. Hungersnot und Seuchen standen plötzlich auf wie Gespenster am Mittag. Wir tranken den blassen Thee, den Zi mitgebracht hatte und der von der Farbe rosa Babyfleisches war, wie es im Reich der Mitte heißt. Klug war am Ende nur, wer überlebte. Ich bekannte mich rückhaltlos zur neuen Ära der Kwan-yins.

5. April
Zi hat mir gestern eine Episode erzählt aus der Zeit der futurologischen Jahre, wie wir unter uns jene abgestorbene Vergangenheit nannten, die um das künftige Wohl der Menschheit so besorgt gewesen war.

Auf einer seiner Sommerreisen an die See, erzählte Zi, er sei damals nicht älter als vierzig gewesen, in den Jahren also, da ihm Anerkennung versagt war und er als Maler inmitten steigender Prosperität in

Armut gelebt habe, in jenen Jahren also habe er am Rande des Meeres die entscheidende Begegnung gehabt.

Ich überlegte, während wir über die Dorfstraße schritten, wie jene Jahre für ihn gewesen waren. Ich entsann mich einer Erbschaft, die er gemacht, eines Koffers voller Anzüge und Hemden; der Verstorbene hatte Zis Statur und Umfang gehabt. Ich war damals zum späten Frühstück in ihre Wohnung gekommen, die Anzüge hingen schlaff über Stuhllehnen, die Hemden gaben sich steif und makellos bügelfrei, und Zi schimpfte auf den unnützen Lebensplunder, trank seinen Thee und aß ein Brot, auf das eine Spur Margarine eingekratzt war. Seine Frau prüfte die Qualität der englischen Wolle und ließ den dünnen Thee kalt werden. Es war eine Armut mit Glücksfällen gewesen.

So auch in jenem Jahr: Er war mit seiner Staffelei über Dünen gewandert, auf der Suche nach dem besten Überblick, als er von zwei Herren angesprochen wurde, die sich nach dem kaum skizzierten, unfertigen Bild erkundigten. Als Käufer erkundigten. Zi war überrascht gewesen, wie sie mit einmal in tadellosen Anzügen und Krawatten hinter der Düne auftauchten, als träten sie aus der Tür ihres Hotels. Er erklärte ihnen etwas von seinen malerischen Absichten, Schraffurtechnik, ich weiß nicht was, beschrieb die noch nicht ausgeführte Bündelung von Licht auf eine in geometrische Felder eingeteilte Himmelslandschaft, er gab den Herren zu verstehen, wie er sich die Welt dachte als einen Dreiklang von

Sand-Meer-Himmel – Symbol für die irdischen, seelischen und geistigen Bezirke unseres Lebens. Da hätten die Herren verständnisvoll genickt, als wäre so ein Bild schon immer in ihrer Vorstellung lebendig, und sie stellten professionelle Fragen nach Farb- und Mischtechnik, Beschaffenheit des skizzierenden Kohlestifts usw.

Ich sah Zi in seiner weißen Leinenjacke auf der Düne, das Haar dick im Nacken, zweifach bricht sich das Licht auf seinen Brillengläsern, doch war schon damals ein Auge fast blind. Im Wasser waten weit weg die Urlauber mit ihren farbig dekorierten Geschlechtsteilen und Brüsten, die Herren werfen ab und zu einen mißtrauischen Blick auf diese sorglose Menschheit, die einmal im Jahr guten Gewissens ihr Recht auf Sorglosigkeit ausübt. Zi aber hatte kein Auge für diesen naturalistischen Karneval, wie er es nannte. Er war ein Philosoph unter den Malern, der das Bild hinter den Erscheinungen suchte.

Die Herren seien, erzählte Zi, auf der Stelle bereit gewesen, eine unerhörte Summe von Hand zu Hand für das noch unfertige Bild zu zahlen. Zi willigte ein und versprach, das Bild an die Adresse eines Hotels in Zürich zu schicken. Er malte lange an dem Bild, ein Aquarell, wie er sagte, und er malte mit nicht mehr freier Hand, des vielen Geldes wegen, rahmte es, verpackte es mit äußerster Sorgfalt und schickte es mit einiger Mühe, die Zollvorschriften umgehend, in die Schweizer Berge. Von dem Geld wollen Zi und seine Frau an die fünfzehn und mehr Jahre bescheiden zwar, aber sorglos gelebt haben.

Damit nicht genug. Denn über zehn Jahre erhielt Zi aus der Schweiz Bücher und Broschüren mit Ansichten und Aufsätzen über den Großen Denker und Lenker im Reich der Mitte, über den Alltag der Kwan-yins, über die Heldentaten seiner Bewohner in Industrie und Landwirtschaft, Kanalisation und an den Landesgrenzen. Im zwölften Jahr, als man im Reich der Mitte besonders heftig das futurologische Denken der eurasischen Staaten kritisierte und als Wohlstandsgeschwätz entlarvte, blieben die Sendungen eine Weile aus; dann und bis zum Einmarsch der Truppe fand Zi in einer Mauernische im Garten, was ihm bislang die Post gebracht, von unbekannter Hand in diesem toten Briefkasten deponiert. Warum haben wir nie etwas davon erfahren? Nun, die beiden Herren auf der Düne hatten ihm das Versprechen abgenommen, über alles zu schweigen.

6. April
Ich trage nach, was Falk mir aus seiner Vergangenheit erzählt hat und womit er Anspruch erhebt, in den Kreis der Eingeweihten (vor Li-weng) zu treten.

Falk war vor Jahren zu einer geophysikalischen Tagung nach Wien geschickt worden. Eine besondere Auszeichnung. Der Kongreß hatte über Bodenerhebungen, Tektonik, besonders Warnsysteme zur rechtzeitigen Bekanntgabe anrollender Erdbeben diskutiert. Falk hatte über einen Versuch mit Erbsen und Bohnen berichtet, der, ins rechte Maß übertragen, auf jeden Erdrutsch anwendbar war. Sein Thema hieß: Abnahme des Böschungswinkels und Setzungen von

Bohnen- und Erbsenhaufen (respektive Korn) bei dynamischer Anregung in Abhängigkeit von den Bohnen- und Erbseneigenschaften. Soweit die Fachkonferenz. Abends besuchten die Teilnehmer die verschiedenen Kaffeehäuser der berühmten Stadt. Falk habe es nur in einigen ausgehalten, am längsten in einem, wo ein Nachfahre des Pianisten Gulda auftrat. Und just in diesem Lokal habe er einen Kollegen aus dem Reich der Mitte getroffen. Gerade waren die Zeitungen voll von den politischen Beben in seinem Land. Die Kinder hoher Regierungsfunktionäre forderten den Kopf ihrer Väter zur Sühne für nicht genau benannte Mißstände. Tage später denunzierten die Väter ihre mißratenen Kinder und behielten den Kopf oben. Der Fachkollege hütete sich, Falk von diesen Querelen zu berichten. Er zog ihn in ein Fachgespräch, in einer Spielpause, das nur erschwert wurde durch die auf beiden Seiten ungenaue Kenntnis einer dritten Sprache. So bemalten sie die Bierdeckel und Rückseiten der Speisekarten. Falk schwört, in seinem Untermieterzimmer eine derart beschriebene Karte, signiert mit fremden Schriftzeichen, aufzubewahren, falls das Haus noch steht, in dem er gewohnt. Kurzum, Falk wurde eingeladen, eine Erdbebenwarte in einer südlichen Provinz im Reich der Mitte zu besichtigen, beratend in Augenschein zu nehmen. Die offizielle Einladung freilich blieb aus; wohl aber bezog Falk in seinem Büro regelmäßig Forschungsberichte seiner kwan-yinschen Kollegen, die sich aber nach den ersten Sätzen schnell verdünnten zu Bekanntmachungen, Losungen und Gesundheitsbulletins vom Zustand des Großen Denkers und Lenkers. Irgendwo in einem fernen Land, soviel war sicher, war Falk ein registrierter Abonnent dieser Schriften.

Zi war hocherfreut über Falks Wiener Erlebnisse. Genau richtig, sagte er. Das tischen wir dem General auf, im gegebenen Augenblick natürlich.

7. April
Da besann ich mich: Es war ja auch mir nicht anders ergangen. Ich war damals sehr viel jünger gewesen, meine Assistenzzeit hatte kaum begonnen, als eine Studienreise mich auf die größte der Antilleninseln brachte. Dort war vor Jahren Revolution gewesen und die Besitzverhältnisse waren zugunsten der Mehrheit geklärt worden. Die Minderheiten gingen ins Ausland und hofften, mit Hilfe der alten Ausbeuter zu einer neuen Mehrheit zu werden. Eine Kette schöner Ausflüge zog mich staunend über die ganze Insel. Bürger eines Landes, das sich um die Insel verdient gemacht hatte, wurden mir Freuden zuteil, die einst finanzkräftigen Touristen vorbehalten gewesen waren. So saß ich öfter in Hotels und Bars als in Akademien und Bibliotheken, wo ich den Staub von den toten Büchern, die mir nichts sagten, hätte blasen müssen. Einmal kam ich auf eine Laguneninsel, auf der Pfahlbauten im Stile der Ureinwohner Hotelgäste aufnahmen. Die Veteranen der Revolution und ihre Frauen erholten sich hier beim Rumtrinken und Kegelaufstellen. Die Veteranen waren junge Leute in verblichenen Uniformen. Sie spuckten ins goldgrüne

Wasser, das der Sage nach einen Goldschatz barg, und umarmten ihre schwarzen, schwarzbraunen und braunweißen Freundinnen. In der Bar hämmerte ein sicher schwuler Pianist mit Dauerwelle ins Klavier. Vor den Fischen im Wasser warnten Schilder mit aufgemalten Totenköpfen. Muränen, die hier die Müllabfuhr ersetzten. Ich saß und trank und schrieb eine Postkarte nach Hause, auch an Zi und seine Frau schrieb ich. Auf dem Rum schwammen kleine Eisstückchen. Der Pianist zerhämmerte seine Titel. In den Pausen griffen Automaten nach den Schallplatten, und diese erbrachen eine Tangoversion der Stars and Stripes, die so abgeschabt war vom vielen Spielen, daß ich nie herausfand, ob ein Orchester oder nur eine Wurlitzerorgel spielte. Das alte Lied der ehemaligen Ausbeuter schien auch in dieser Version einen merkwürdigen Kitzel auf die Veteranen auszuüben.

Mit dem Geld, das der Barmann mir auf meinen Schein herausgab, schob er mir einen Zettel zu mit der Nummer 213. Ich begriff nicht, trank aus und schob mich vom Barhocker. 213 war die Nummer des Zimmers, das dem meinen gegenüberlag. Eine Prostituierte, eine von den wenigen, die übriggeblieben waren? Ich ging in mein Zimmer, duschte mir den Schweiß ab, zog ein sauberes Hemd an, und als ich aus dem Badezimmer trat, sah ich 213 auf meinem Bett liegen und in einer Broschüre aus dem Reich der Mitte lesen. Später erzählte sie mir, daß sie Schlager im Radio singe. Sie schenkte mir die Broschüre. Als Autor zeichnete ein Mann namens Li-weng. Mehr noch, sagte ich, in der Broschüre steckte die Einladung zum Besuch eines Empfangs in der Botschaft des Reichs der Mitte in unserer Hauptstadt. Konnte das Zufall sein? Weder Zi noch Falk halten meine Geschichte für überzeugend genug. Und so bin ich an der Reihe, ihre Geschichten zu zerpflükken, sie für ungenügend zu erklären.

Auf dem Höhepunkt gegenseitiger Vorhaltungen brechen wir in Gelächter aus. Wir kommen für heute überein, noch einmal und genauer an unserer Vergangenheit zu arbeiten. Ich stimme mit Falk überein, der sich etwas vorstellt, das so aussähe wie jenes Etikett auf den Milchkonserven, die in unserer Kindheit in den Küchen unserer Mütter standen: Vor einem See, der von grünen Wiesen eingefaßt wird, auf denen Kühe weiden, hält ein Indianermädchen dem Betrachter etwas entgegen, das sich beim genaueren Hinsehen als eine Milchdose entpuppt, auf deren Etikett . . . und so bis zum unsichtbaren Wind, der den Klee befruchtete, von dem die Kuh fraß, die den Mann nährte, der die Mutter des Indianermädchens schwängerte, welche ihrerseits die Milch an den Mann verkaufte, der die Konserven fabrizierte, die ein Soldat auf den Bord des Küchenschranks stellte, bevor er unsere Mütter schwängerte.

Eine solche Dose Milch werden wir nun lange nicht zu sehen bekommen. Die Rationen dieser Armee sind karg bemessen, mehr als Thee und etwas Reis kann auch Zi nicht für uns besorgen.

4. Die Pferde

27. April
Was haben diese Daten, Wochentage, Monatsnamen mit den Tagen zu tun, die einander gleichen wie Wassertropfen? Ich weiß es nicht. Die Lust am Benennen will auf einen Sinn hinaus. In jedem Historiker steckt ein Fabulierer. Beobachten, aufschreiben – spätestens auf dem Kombinat für Wissenschaften hatte ich gelernt, wie man einer sachlichen Darstellung mit Hilfe einer bestimmten Überschrift eine Richtung geben konnte, während im Text die umgekehrte Richtung simuliert wurde, daß nämlich der Inhalt die Überschrift bestimme. Die Geschichte war immer die von Hungernden gewesen, ungeachtet der jeweiligen Schlagzeile.

Auch wir hungern.

Die von Li-weng unterzeichnete Ankündigung vom Einmarsch der Truppe in unseren stillen Ort löste eine Panik aus, die im Ansturm auf die Läden Beruhigung fand. Familien schickten ihre mündigen und unmündigen Mitglieder reihum zu den verschiedenen Verkaufsstellen. Bankkonten, Ersparnisse wurden radikal dezimiert, und immer noch blieb Geld übrig. Die Bäcker verbuken letzte Mehlreserven, und jemand wollte Sägemehl in den letzten Broten entdeckt haben, die verkauft wurden. Das Brot war rationiert worden, zwei Dreipfundbrote kamen auf jeden Esser. So hatten wir acht Dreipfundbrote im

Haus, die Li in Blechdosen konservieren wollte; doch fingen sie an zu schimmeln im feuchtheißen Klima. Zu Mittag aßen wir heute zerriebenes Brot, mit Wasser und Salz zu einer Suppe zubereitet, dazu eine Handvoll vom üppig sprießenden Lauch aus dem Garten. Plünderungen kamen, soweit bekannt, in unserem Ort nicht vor; aufgebrochene Läden hätten nur wenig zutage gebracht, ein wenig Mehlstaub, in der Hast zertretene Süßigkeiten, Flaschenscherben und die Reste vom Einwickelpapier. Falk entdeckte im Gartenlokal einer Gastwirtschaft in Nähe des Bahnhofs einen unberührten Kasten Bier, den er so gut kaschieren konnte, daß wir ihn uns nachts holten und in den Keller trugen. Wir haben Zi vier Flaschen geschenkt und als Gegengabe von seiner Frau vier Flaschen Most vom vorigen Jahr bekommen. Wer soll den Most trinken, die Kinder oder wir alle? Und wann? Li ist für aufheben, wir sind für trinken. Schließlich wird dies ein Obstjahr wie noch nie, sagen Falk und ich, man kann jetzt schon sehen, wie Äpfel und Birnen ansetzen. Gekocht und zu Saft gepreßt, sagen wir, werden wir es aus Fässern trinken können. Und wo wollt ihr den Zucker hernehmen? fragt Li und weiß nicht, wohin mit den verderblichen Nahrungsmitteln, seit wir keinen Strom haben und die Kühlschränke nur noch Schrott sind. Der Keller ist nicht mehr kühl genug, auch hier sickert die Wärme durch die feuchten Wände, das Bier schmeckt wie warme Lauge und hat eine betäubende Wirkung.

Falk hat sich auf dem Papier eine Hausstromerzeugungsanlage ausgedacht, die, von der Gartenpumpe betrieben, so viel Strom produziert, wie der Kühlschrank benötigt. Aber auch das Brunnenwasser fließt nur spärlich, und so müssen wir uns auf eine andere Entwicklungsstufe der Menschheit begeben.

Nachdem er lange erfolglos an seiner Stromanlage gebastelt hatte, brachte Falk sich aus Zis Bibliothek Botanikbücher mit, die Pflanzenwelt der Tropen und Subtropen zu studieren. Was er nun braucht, sind die nötigen Setzlinge, Samen usw. In fantastischen Skizzen verwandelt er unseren Garten in eine paradiesische Oase, eine Landschaft vor dem ersten Sündenfall, wie Zi das nennt. Ich fürchte, es bleibt uns soviel Zeit nicht, zurück bis zum Paradies zu gehen. Müßten wir nicht zuvor durch die Steinzeit? Falk verspricht, ungerührt von unseren historischen Wandelgängen, Limonenhaine, Mangobäume, Bananenstauden. Vom See her ließen sich Bewässerungsgräben durch den Garten ziehen.

Zi will es nicht unterlassen, den General von Falks botanischen Plänen zu informieren. Und so verleihen wir Falk den Titel eines Oberbotanikers des Reichs der Mitte, und Li krönt ihn mit einem Kranz aus Kirschblüten. Falk schleppt seine Bücher in jeden Winkel des Gartens und zeigt uns die Orchideen mit ihren langen Zungen und rosigen Kehlen. Ich bin für eine neue Rosenkultur, für Zimtbäume und Eukalyptus, für einen Steingarten mit Salamandern und Vögeln, die viele Stunden des Tages auf einem Bein schlafen können. Der Garten steht bis hinunter an den See hoch im Kraut. Ein Ameisenberg hat sich über Nacht im Salatbeet erhoben, und man glaubt, ihn wachsen zu sehen. Die Kinder unterbrechen mit Stöcken und kleinen Steinen das normative Leben der Ameisen. Sie legen einen Sperrgürtel um die Kuppe des Berges und predigen den Tieren Li-wengs sieben Gebote. Seitdem ich von Falk weiß, daß Termiten immun gegen Strahlung sind, hasse ich sie. Ich sehe, wie sie ihre Berge unter meinem Schreibtisch errichten, unter dem Bett, bis sie das Haus forttragen. Nieder mit der Reaktion!

Heute habe ich mein Bargeld im Schreibtischkasten gezählt: dreitausend Mark, die nun auf ihren Papierwert schrumpfen. Die Vorräte waren spätestens am Tage der Invasion (es sollte wohl besser heißen, der Befreiung durch die Kwan-yins) ausverkauft, in den Schaufenstern welkten Papier und Fotografien, achtlos beiseite geschoben, um letzte Ware an den Ladentisch zu holen, welkten unter der neuen Sonne die alten Grußadressen an die alte Regierung. Einen schwarzen Markt gab es noch nicht im Ort, wer schon hätte Geld anhäufen wollen, für das es keinen Gegenwert gab. Jeder Bauer im Ort besaß nicht nur einen oder zwei Fernsehapparate, bügelfreie Hemden zuhauf fürs Skatspielen am langen Wochenende und Schuhwerk jeder Mode im Schrank.

Wir haben Vorräte für vier Wochen und wollen den Garten bebauen.

Die Lage besserte sich, als Zi verschiedene Vollmachten von Li-weng übertragen bekam. Lebensmittelkarten wurden von freiwilligen Helfern (Zi hatte sie ernannt) mit der Hand gedruckt, die winzige Mengen Fett, Brot, Milch und Reis einlösten. Zi hatte den Säuglingen im Ort die Kühe der landwirtschaftlichen Kooperativen zu retten gewußt; es ist freilich kaum anzunehmen, daß sie von der Armee requiriert worden wären. Tonnenweise hatte die Armee, wie uns Zi berichtete, Milchpulver und Reis in ihrem Nachschub; diesen gab es in kleinen blauen Beuteln. Zi besorgte uns auch Thee in Blechdosen, Zigaretten mit dem Glücksemblem und der fein silbern und weiß gedruckten Kante, den lampionhaltenden Kindern und Frauen in langen Gewändern. Der Tabak ist gelb, fest in die feine Papierrolle gepreßt und schmeckt, bei blauem Rauch, wie eine Virginiamischung. Fleisch aber ist keins da, weshalb die Nachbarn von einer drohenden Hungersnot sprachen. Seit es Lebensmittelkarten gibt, hat der kleine Tauschverkehr angefangen. Zucker gegen Fett, Reis gegen Brot, Kartoffeln aus versteckten Vorräten gegen Zigaretten. Wir haben einen Stallhasen gegen Zigaretten von der Apothekersfrau eingetauscht. Vermutlich raucht der Apothekerssohn die Zigaretten in der Hoffnung, sie seien opiumhaltig. Die Kinder füttern den dicken braunen Hasen mit ausgesuchten Gräsern und Kräutern.

29. April
Die Pferde! Zis Gesundheitskommission (der Apotheker, der Zahnarzt und ein Mann, der früher im Statistischen Amt arbeitete) hat erklärt, die vierundachtzig Pferde im Ort könnten, läßt man sie am Leben, zu einer Seuchengefahr werden. Das ist, davon sind wir überzeugt, eine Erfindung Zis, der etwas zur Verbesserung unserer Ernährungslage tun

möchte. Veterinärärzte der Okkupationsarmee, stille freundliche Herren, die neben den schweren Ackergäulen besonders zierlich wirken, haben einige Tiere untersucht, Blutproben angestellt und sich dann lange, wie Zi erzählt, beraten. Wie leicht könnte Zis Schwindel durchschaut werden, und man stellt ihn nächstens an die Erschießungsmauer. Denn noch immer fallen Schüsse in unsere Träume, obschon die Mauer jenes geheimnisvollen Hauses am Tage wie eh und je aussieht. Vielleicht aber wollen die Gelehrten aus dem Reich der Mitte ihren Amtsbruder schützen und ihre Freundlichkeit uns gegenüber ist größer, als wir ahnen. Denn die Beratung hat Zis Annahme bestätigt. Die Pferde sind eine Gefahr, sie müssen geschlachtet werden. Der Schlächter bekommt für seine Arbeit eine Sonderration, heißt es.

Zwei Tiere pro Woche, so hat Zi verfügt. Zum Sterben zuwenig und zum Hungern zuviel, murren die Leute. Immerhin, das gibt Fleisch für zweiundvierzig Wochen. Frau Remann hat sich daraufhin mit besonderen Rezepten versehen, die sie auch Li mitteilt. Falk rümpft die Nase, jetzt erst recht will er Vegetarier werden. Doch wachsen seine Mangobäume vorerst nur auf den vielfarbigen Tafeln der Botanikbücher.

Die Pferde sind zumeist schwere Kaltblüter, auch ein paar versprengte Armeegäule sind darunter, mittelschwere Traber, scheue Tiere. Die Kinder sind verstört über das große Pferdesterben, obschon ihnen keiner etwas erzählt hat. Falk und ich fragen uns, wie der Schlächter die Tiere tötet. Wir vermuten, durch einen Schlag zwischen die Augen. Auf einer Tafel in einem alten Konversationslexikon besteht ein Pferd aus einundfünfzig Teilen. Trächtige Tiere sollen verschont bleiben.

Die Fleischzuteilung wird rationiert. Der Zulauf ist ungeheuer. Um fünf Uhr morgens erreichen die ersten Frauen mit Fahrrädern die Verkaufsstelle am Ende des Ortes. Die wartende Menge schiebt sich unruhig nach vorn, sobald die ersten Blutströme übers Pflaster fließen und riesige Fliegenschwärme (eine Plage seit dem Klimasturz!) sich an den Rändern niederlassen. Man muß die Frau des Schlächters, eine früher bekannte Sportlerin, mit kleinen Aufmerksamkeiten bedenken, wenn man ein Stück Herz oder Leber bekommen will, begehrte Innereien, die leichter zuzubereiten sind als das sehnendurchzogene Fleisch der oft alten Tiere. Die Frauen schieben sich an den Verkaufstisch, behalten dabei argwöhnisch die Waage im Auge und versuchen, kein Flüstergespräch zwischen der Schlächtersfrau und der Kundin, die ihr am nächsten steht, aufkommen zu lassen. Schiebung wird nicht geduldet. Wer selbst nichts hat, womit er bestechen könnte, hat doch seine Ehrlichkeit, die mit einem ehrlich abgewogenen Stück vergolten sein will.

Sobald ihm Zi (als Bürgermeister) Salz bewilligt und ein paar Gewürze (woher nehmen?), wird der Schlächter aus den Resten jeder Schlachtung Wurst herstellen. Auch damit muß sich Zi befassen, in seiner hellen Leinenjacke im Gemeindehaus bis in die Abendstunden sitzend. Eine Kerosinlampe aus den Armeebeständen unterstützt sein schwaches Sehvermögen. Seine Frau bringt ihm einen Thee oder ein Glas Most und verschwindet wieder.

Daß auf der Dorfstraße einer Frau das eingekaufte Fleisch gestohlen wurde, indem zwei andere Frauen sie vom Fahrrad stießen und über ihre Tasche herfielen, mag durchaus kein Gerücht sein. Li hat es von anderen Frauen gehört, als sie in der Schlange stand. Übrigens bezahlen wir mit kleinen Kupfermünzen, die nichts als einen aufgeprägten Stern aufweisen, der in der Mitte durchbohrt ist, so daß man die im Gemeindehaus monatlich ausgegebenen hundert Münzen (pro Kopf) an einer Schnur nach Hause tragen kann. Für ein Pfund Pferdefleisch zahlt man dreißig Sterne, wie die neue Währung allgemein genannt wird.

30. April

Fleischtage sind Festtage. Sie fallen auf den Schlachttag, da man das Fleisch bei dreißig Grad im Schatten nicht aufheben kann. Auch gebraten strömt es einen süßlichen Geruch aus, wenn nicht die Vorräte erlesener Gewürze, die Zis Frau aus der Vorkriegszeit aufgehoben hat, und auch uns abgibt, Zunge und Nase schmeicheln. So essen wir Hammel auf englische Art mit Thymian und Kapern oder ungarischen Gulasch unter Beigabe großer Mengen Cayenne-Pfeffer. Wobei nur ich mich frage, wie es zur Stunde in Cayenne aussehen mag, das uns so fern liegt wie jede andere Stadt und Provinz auf der Erde, so daß der Pfeffer wie aus den Seiten eines Geographiebuchs gestreut zu sein scheint. Für gewöhnlich kommt Zis Frau beizeiten zu uns herüber, bringt ihre Ration mit, die zusammen mit unseren Pfunden unter ihrer Aufsicht angerichtet wird. Frau Remann, in der alten Zeit (die an ihrem Alter gemessen sehr weit zurückliegt) eine Operettensängerin, hat das Tänzelnde und Kokettierende ihrer alten Rollen beibehalten. Und in dieser Haltung hantiert sie, eine ausgezeichnete Köchin, vor dem improvisierten Herd, den Falk im Garten aus Feldsteinen gebaut hat. Auf dem Holzfeuer stehen die alten blanken Töpfe und Tiegel. Nicht daß wir das rohe Fleisch auch noch am Holzspieß braten müßten. Bei der herrschenden Windstille steigt der Rauch in die Höhe, während Frau Remann ihre Anweisungen gibt, die gedrehten Löckchen unters Kopftuch schiebend. Li rührt, mit der Miene eines Hausmädchens, unter ihren Anweisungen in den Töpfen und Tiegeln. Li, die Katze, hebt dann und wann die Nase in den Luftzug, bekommt einen Knorpel zugeworfen, den sie auf der Stelle bearbeitet.

Wartend hocken wir Männer unter der Kiefer, im Gras sitzend, das in Reichweite der Äste kurz und hart ist. Zi kommt als letzter, wir hören die Gartenpforte in den Angeln knarren, dann seine Schritte über Sandwege. Er geht ein wenig unsicher, eine Hand ausgestreckt, in abwehrender oder segnender Haltung, wie um unerwarteten Hindernissen zu begegnen, die sein Auge zu spät erkennt. Wir rufen, und er lenkt seine Schritte zu uns. Er nickt den Frauen zu, die sich kaum ablenken lassen, die erwartungsvollen Kinder am Rock.

Ihr faulen Hunde, sagt Zi aufgeräumt zu uns, die wir barfuß, im offenen Hemd wohlig unter dem Baum liegen.

Das neue Zeitalter ist ein mit Muße reich gesegnetes, sage ich und beschreibe mit der Hand, die Zigarette zwischen den Fingern, eine unbestimmte Geste des Willkommens.

Meinen Sie, sagt Zi und geht mit einiger Beschwernis in eine Hockstellung. Ich biete ihm ein Kissen an, so daß er sich an den Stamm des Baumes lehnen kann, die Beine lang ausgestreckt, die Füße in den Sandalen aufgestellt.

Hier ist bester Himalajathee, sagt Falk und gießt ihm eine Schale voll der lauwarmen Flüssigkeit.

Danke, mein Lieber, sagt Zi und führt die Schale an den Mund. Gute Nachricht für Sie, Falk, sagt er nach dem Austrinken. Unser Antrag auf Lieferung von Mangobäumen aus dem Reich der Mitte ist genehmigt worden.

Wie die Setzlinge durchkommen, weiß man nicht, gebe ich zu bedenken.

Per Flugzeug, wie denn sonst, sagt Zi unwillig.

Wieso, frage ich. Gibt es zwischen uns und dem Reich der Mitte noch einen flugsicheren Raum? Was wissen wir überhaupt, wie es zwei Stadtbahnstationen von hier aussieht?

Das können Sie bald erfahren, sagt Zi und nickt geheimnisvoll. Man wird Sie als Korrespondent für die Neue Zeitung anstellen, die Li-weng gründen will. Warten Sie nur ab, warten Sie nur ab!

Bei allen Dichtern des Senfkorngartens, sage ich.

Besser ich liege hier und meditiere, hole meine vierhundert Ketti Gold an jedem Ersten ab und lasse Li-weng einen guten Mann sein.

Ihre Haltung grenzt nahezu an Sabotage, mein Lieber, erwidert Zi. Vergessen Sie nicht, die neue Zeit braucht einen jeden von uns.

Wir sehen Zi von der Seite an. Er hat es nicht im Spaß gesagt. Das ist nicht mehr der alte Gelehrte und Maler, der zwischen Frühstück und Nachmittagsthee ein Passepartout zurechtschnitt und die übrige Zeit über einen Satz in seinen heiligen Büchern nachdachte, abends dann die Nachrichten einschaltete und den Irrsinn der Welt beklagte. Das ist ein Mann mit einem Amt.

Ich könnte ja eine Chronik der neuen Zeit abfassen, renke ich ein, mein Beruf ist die Geschichtsschreibung. Oder soll ich die alte Zeit ins neue Licht setzen? Damit die Kinder wissen, was sie von ihren Eltern halten sollen?

Dazu müßte man Sie vorher ausgiebig geschult haben. Und nicht hier. Stellen Sie sich doch vor, man wählte Sie zu einem Lehrgang im Großen Reich der Mitte aus!

Das wär mir eine Messe wert, sage ich ohne Überzeugung. Ich sehe schon, Meister, Sie haben endgültig Partei ergriffen. Hier drunten im Dorf geht es nicht so schnell wie droben auf Ihrer Burg, wo vielleicht noch der Pulsschlag der Welt zu hören ist. Hier hören Sie allenfalls das Unkraut wachsen.

Doch da wird gerufen, die Frauen melden sich, wir müssen mit unseren Tellern hinüber zur Feuerstelle, die gebratenen Stücke serviert zu bekommen. Falk eilt in imitierter kindlicher Gier zum Herd und hält seinen Teller unter Verbeugungen meiner Frau hin. Wie immer wird er von Li bevorzugt und bekommt das größte Stück. Die Kinder johlen und machen es ihm nach.

Seien Sie auf jeden Fall vorsichtig, sagt Zi leise zu mir, Li-weng läßt gerade ein Dossier über Ihre Vergangenheit anfertigen.

Wer hilft ihm dabei? frage ich zurück.

Zi schüttelt den Kopf, als habe ich ihn verdächtigt. Ich esse ohne Appetit und verfluche die Zeiten, da jedermann glaubt, über einen verfügen zu können. Wäre ich doch als Palastgärtner unter Harun al Raschid geboren und hätte mich, nach jahrhundertelanger Inkarnation, endlich in einen Rosenstock verwandelt. Auf Decken die Frauen, wir im Grase sitzend, legen wir das Besteck schnell beiseite und nehmen die Finger, um das Fleisch zu zerreißen und in den Mund zu stecken. Aus dem Buschwerk sehe ich Lis, der Katze, Augen auf mich gerichtet. Ich werfe ihr ein Stück zu und fange einen mißbilligenden Blick Lis, meiner Frau, ein. Wir reißen sehnige Streifen aus einem Schulterstück, wie Frau Remann die betreffende Partie in ihrer originalen Zusammensetzung erklärt, kauen in Wasser eingeweichtes Brot und spülen mit einem Schluck Bier nach. Die Kinder essen schweigend und mit Aufmerksamkeit. Frau Remann macht uns auf die Gewürze aufmerksam, die verwendet wurden. Li läßt sich die Namen wiederholen. Das träge Knattern eines Hubschraubers stört uns auf. Wenn man Zi glauben kann, ist es Li-weng, der sich zum Abendessen ins Hotel fliegen läßt. Jenseits des Waldes auf einer Anhöhe errichtet, heißt es das Berghotel und sollte wohl Touristen aufnehmen, als man noch hoffte, der Ort könnte Neugierige anlocken, die paar historischen Gebäude, den sechsundsechzig Meter tiefen Rillensee und die ausgegrabenen Gebeine aus der Pestzeit zu besichtigen. Kauend frage ich mich, ob De-zah bei ihm ist. Zi müßte es wissen.

Auch so ein Problem, sagt Zi, die Touristen im Berghotel. Es ist ja eine ganze Reisegruppe vom Umschwung der Zeiten dort überrascht worden. Mitsamt einer kompletten Skiausrüstung.

Falk und ich brechen in Gelächter aus.

Die armen Menschen, sagt Frau Remann.

Die Langeweile wird sie fressen, sage ich.

Ich habe gestern die Spiele Jugendlicher am Seeufer beobachtet. Unbeschäftigt, die Schulen geschlossen, die Wege in die Hauptstadt versperrt, rotten sie sich abends zusammen, am See, hinter dem vormaligen Kulturhaus. Sie haben ein neues Spiel: Immer zwei Jungen werfen ein angezogenes Mädchen ins Wasser, aus dem es lachend und wasserspuckend mit naß klebenden Sachen ans Ufer kriecht. Eine nasse Spur im Sand nach sich ziehend, verschwindet es im Gebüsch und versteckt sich. Dort zieht es sich aus und wartet. Wer es zuerst findet, bekommt es. Ringsum liegen zerschmetterte, kaputtgetretene Kofferradios.

Zum Nachtisch essen wir große klebrige Himbeeren, die ersten des Jahres aus Zis Garten. Später, es ist längst dunkel und ein rötlicher Vollmond erhebt sich überm See – die Kinder liegen im Bett, Remanns sind gegangen –, gehen auch wir zum See hinunter, Falk, meine Frau und ich, legen die Kleider ab und springen vom Bootssteg ins Wasser.

5.
Paraden

1. Mai
Gestern, so kann man sagen, hat der Ort geschlossen den Vorbeimarsch der Armee erlebt, wenn auch meist mit schlaffen Armen und verkniffenen Lippen. Li-weng soll hinterher geäußert haben, daß ihm eine passiv schweigende Zivilbevölkerung gefährlicher erscheine als eine, die sich in den Wäldern vergräbt oder zumindest die Faust in der Tasche ballt. Man hatte uns aufgefordert, der Parade am 30. April beizuwohnen. Ein Mann, vermutlich von Zi beauftragt, war in Begleitung eines Trommlers durch die Straßen gezogen bis hinauf zu den letzten Häusern am Wald und hatte, von einem Trommelwirbel verstärkt, den Aufmarschplan verlesen. Wir traten alle vor unsere Häuser, auch die Kinder und Alten. Ich winkte Frau B. zu, die mit ihren kurzen Fingern etwas in die Luft schrieb, das ich nicht verstand. Falk klatschte ab und zu in die Hände, was die Nachbarn mißverstanden. Die graugrüne Kolonne kam langsam anmarschiert, fast konnte man es ein Spazierengehen nennen, in einem großen Abstand zum Vordermann, so daß wir durch die Kolonne hindurchsehen konnten wie durch einen Lattenzaun. Auf ein Kommando begannen einige junge Soldaten auf und ab zu hüpfen, so jedenfalls kam es uns vor. Dabei hielten sie ein Papier in die Höhe, das der Zigarettenschachtel mit dem Glücksemblem glich. Zi versicherte, auf

dem Blatt seien Verse des Meisters vom Schilfrohr geschrieben, und er versicherte das mit Genugtuung. Es sei ja doch alles so, wie wir es uns vorgestellt hätten. Die Kwan-yins würden unsere alte Sehnsucht von einer poetisch regierten Welt erfüllen. Jemand rief: Es lebe die internationale Revolution. Offenbar wußte, der das rief, wie es außerhalb unseres Ortes aussah, und auch diejenigen, die nicht in den Ruf einstimmten, und das waren die meisten, schienen für Augenblicke das Gefühl zu haben, nicht die Einwohner einer Oase in einer untergegangenen Welt zu sein. Dann wurden wieder Panzerabwehrgeschütze vorbeigefahren, oder vielmehr von vier Soldaten vorbeigezogen.

War es eine Siegesfeier? Zi fehlte. Dringende Amtsgeschäfte hielten ihn fest. Für Minuten sahen wir ihn auf dem Balkon des Gemeindehauses, wie er auf die Fahnen heruntersah und eine Handbewegung tat, als rückte er sich das Brillengestell zurecht. Bald war die Szene von Staubwolken eingehüllt. Da wir wieder zurück in die Häuser wollten, jagten Kampfflugzeuge im Tiefflug über den Ort. Die Soldaten rissen die Helme von den Köpfen und grüßten damit, indem sie sich beim Nahen der Flieger jubelnd um die eigene Achse drehten. Wo hatten diese Maschinen ihre Start- und Landebahn? Vielleicht, daß sie im Vorüberfliegen Falks Mangobäumchen abwerfen würden, wie Frau Remann vermutete. Gleich steigt der große Li-weng herab, schwafelten die Kinder, und bringt uns Mondkuchen mit.

Falk und ich beobachteten eine Gruppe Männer

und Frauen in winterlicher Kleidung, derben Schuhen und Stiefeln. Das mußten die Touristen aus dem Berghotel sein. Einige Männer fotografierten, worüber Falk und ich in Gelächter ausbrachen. Man hatte sie ins Dachgeschoß des Hotels einquartiert, als Li-weng und sein Stab die übrigen Zimmer beanspruchten.

Am Abend würde der General im Berghotel einen Empfang geben, Zi hatte uns Einladungen gebracht.

6. Mai

Oft überfällt mich Unlust, wenn ich mein Heft aufschlage und mit den Eintragungen beginnen will. Es ist, als läse ich welke Blätter auf und legte sie in eine Schachtel. Wer wird sie brauchen können? Lieber säße ich in meinem Boot und ließe mich treiben, aus dem wuchernden Dickicht des Ufers hinaus ins Freie, Klare. Tauchte die Hand in die glatte Flut oder hielte die Angel und ließe die Schnur treiben. Säße wie Falk auf dem Klappstuhl im Garten und zeichnete unter den Augen meines Sohnes die Linien der Blätter und Blüten auf Papier. Falk läuft den ganzen Tag in der Badehose herum, seine Muskeln sind elastisch, Arme und Beine, Brust und Rücken tiefbraun. Wenn er aus dem See kommt, schüttelt er das Wasser ab wie ein junger Hund. Er tappt unsicher zu seinem Klappstuhl und sucht seine Brille. Einmal hat Li sie ihm versteckt, und die Kinder haben mit ihm Blindekuh gespielt. Wohnte Falk nicht bei uns, liefe auch Li nackt herum. Aber nur ein Mann und eine Frau hatten Platz im Paradies der Alten.

Ich habe De-zah wiedergesehen. An der Seite Li-wengs saß sie im Berghotel. Ist sie seine Geliebte? Das Essen war gut, es gab Weißwein zum ersten Gang, einem Fischgericht. Falk nahm die Augen nicht von seinem Teller, und auch wir hatten Mühe, unseren Hunger nicht zu sehr zu zeigen. Der General war von Offizieren, Ordonnanzen umgeben, so jedenfalls schien es, jungen Leuten in Uniform ohne Rangabzeichen. Lächelnde Gesichter, kurzgeschorene Köpfe. Abseits saß ein offenbar älterer Kwan-yin. Oder war er der Gott persönlich? Ich konnte Zi, der einen Ehrenplatz hatte, nicht danach fragen. Wir trugen die Hemden und Krawatten der Vorzeit, die uns die Sicherheit von Abgesandten, Gleichrangigen gaben inmitten von soviel grünem Drillich. Vielleicht war es auch nur der Wein, der unsere Sinne öffnete, daß wir Li-weng ohne Hemmung über den Tisch ansprachen und befragten. Der Alte mit dem Bambushut schien uns durch ein Nicken zu ermuntern, mehr zu fragen. Doch hatte er auf jede Frage nur ein Lächeln für uns. Die Ordonnanzen räumten, auf einen Wink von De-zah, die Teller weg. Ich versuchte vergeblich, De-zah in ein Gespräch zu ziehen. Sie schien Li nicht zu kennen, die inzwischen eine andere Frisur trug und dem schwangeren Schulmädchen nicht mehr glich, das mit mir im Untermieterzimmer von De-zahs Mutter gewohnt hatte.

Ich trank Li zu und machte ihr Komplimente. Sie erwiderte zerstreut, die vielen Menschen engten sie ein. Das war schon immer so gewesen. Lis Ideal war ein großes Zimmer, ein Saal, ein Theater gar, dessen Leere sie in großen Tanzsprüngen erobern würde.

Zi hielt in unser aller Namen die Tischrede. Er sagte etwa: Hochverehrter Freund Li-weng! Liebe Anwesende!

Wir erneuern diesen alten Festtag unserer arbeitenden Brüder im Geiste des Lichts. Wir hier, die wir nicht das Glück hatten, im Reich der Mitte geboren zu sein, mußten vor gar nicht ferner Zeit erleben, wie eine Welt zusammenbrach, die den äußeren Menschen von Hunger und Elend befreit, seinen physischen Schmerz gelindert hatte – in dem Maße, wie der innere Mensch verkümmerte, seine Seele verdarb, sein Geist erlosch. Immer schnellere Autos – aber noch schneller waren die Raketen der Vernichtung. Immer mehr Komfort – und die Verbrechen im verborgenen nahmen zu. Da begannen einige von uns, oft im stillen und verborgenen, Vernunft zu predigen, die Vernunft des Maßhaltens. Das Reich der Mitte ist wie ein geomagnetisches Kraftzentrum (Falk und ich tauschten Blicke), es muß seine Strahlen über die ganze Welt schicken. An der Seite unseres verehrten Ortskommandanten lassen Sie uns nun das Glas erheben zum Wohle ...

Bei den letzten Worten Zis war die Tür zum Saal geöffnet worden und die Touristen vom Dachgeschoß schoben sich herein wie zu einer Weihnachtsfeier, jeder ein Glas in der Hand, das sie den überraschten Ordonnanzen hinhielten. De-zah rief ihnen etwas zu, doch Li-weng schien den Zwischenruf für eine demokratische Geste nutzen zu wollen, er gab ein Zeichen und hieß sie alle eintreten. Einer war so dreist, auch hier zu fotografieren.

Seine Kamera wurde beschlagnahmt.

Die Stunde der Verbrüderung, sagte ich zu Falk und bat eine der Ordonnanzen um mehr Reiswein, wobei ich den weichen südlichen Dialekt benutzte, den ich für die Sprache der Kwan-yins hielt. Die Touristenfrauen in auffälligen Après-Ski-Kleidern starrten alle auf Li-weng.

Nach dem allgemeinen großen Gläsererheben löste sich die strenge Tafelrunde auf. De-zah ging auf meine Frau zu und erkundigte sich nach den Kindern. Der General sah wohlwollend auf Zi. Man hatte ihm die beschlagnahmte Kamera gebracht, die er aufklappte und dann rasch wieder verschloß, als hätte er sich eines Besseren besonnen. Er hielt den Apparat ans Auge und knipste in die Runde. Ein Mann aus der Schar der Touristen trat auf Falk und auf mich zu; er war es, dem die Kamera beschlagnahmt worden war.

Gestatten, Dr. Berger, sagte er und reichte uns die Hand. Wir nickten nur und übersahen seine ausgestreckte Rechte. Großartiger Mann, der Kommandant, sagte er und wies auf den fotografierenden Li-weng. Ein Glück für uns, hier überrascht worden zu sein – er fand den Ausdruck nicht gleich: vom Sturm, will ich mal sagen. Nicht wahr, eine große Chance für uns alle. Nur, meine Herren, eine Frage beunruhigt mich, ich meine, daß Sie mir da helfen könnten: Wie findet man den Anschluß an die neue Bewegung?

Falk sah mich an. Ich antwortete, an dem Mann

vorbeisehend, dem Schweiß auf der Stirn stand. Sein Anblick erinnerte mich an einen Kollegen aus dem Kombinat der Wissenschaften.

Da möchte ich Ihnen, gab ich ihm zur Antwort, mit einer der Parolen antworten, die mehr im geheimen zirkulieren.

Dr. Berger nickte erwartungsvoll.

Nichts tun, sagte ich, das Gras wächst von selber, der Frühling kommt von alleine. Sie verstehen: nichts tun.

Ach, ja, ja, sagte der Mann.

Oder diese andere Parole gebe ich Ihnen auf: All das, was du siehst, ist es, sei es von vorne, hinten, in allen zehn Richtungen.

Tantrischer Buddhismus, erläuterte Falk. Dr. Berger verabschiedete sich unter Verbeugungen.

Verzeih, sagte Falk, ich vergaß, dich als Propagandaminister der Regierung Li-weng vorzustellen. Wir gingen in den Nebenraum. Aber auch hier hatten sich die Touristen vom Obergeschoß breitgemacht. Ein Flügel stand in der Ecke, aus dem sich nun, gespielt von einem bärtigen jungen Mann, die Schlagerseligkeiten aus der Vergangenheit in den Raum ergossen.

Falk und ich griffen uns ans Kinn – Zi versorgte uns mit Rasierklingen aus den Armeebeständen.

In Zukunft, sagte Falk, wird man die Renegaten daran erkennen, daß sie bartlos sind.

Ich öffnete ein Fenster des zu ebener Erde liegenden Saals. Die Luft war weich und lau. Im Park rieben sich große Blätter aneinander, Riesenfarne streiften die Hauswand.

Die Touristen stimmten nun in den Chor der Gefangenen ein (»Teure Heimat, wann seh' ich dich wieder ...«). Falk und ich stiegen durch das offene Fenster in den Wald.

Eine Frau, ein Mädchen im gestreiften Kleid, umarmte einen Baumstamm und weinte. Wir sprachen sie an. Sie überließ uns willig ihre Hand, und wir führten sie durch den Park zurück zum erleuchteten Eingang des Berghotels. Sie bat, mit uns nach Hause gehen zu dürfen. Wir mußten sie unsanft durch die Tür schieben, im Hotel würde sich schon jemand um sie kümmern.

Auf der Straße wurden wir von einem offenen Militärfahrzeug überholt. Es war De-zah, die am Steuer saß. Li saß neben ihr und drehte uns eine Nase, als sie uns erkannte.

6.
Der Tempel

19. Mai
Zi hatte dem General Entwürfe zu einem Tempel vorgelegt. Ein Tempel der Wahrheit, der Weisheit und des Friedens. Mithin ein Tempel des Gottes Kwan-yin.

Ich habe Zi eine Deklaration zu einem Entwurf zukommen lassen, wie nämlich der Meister des Langen Weges bei einem Grenzübertritt die Öffentlichkeit auf sich aufmerksam macht. Auf einem schwarzen Ochsen reitend, kommt er an den Grenzpaß Han Gu. Der Grenzbeamte Yin Hin bittet ihn, die Summe seiner Lebenserfahrung niederzuschreiben für das Entgelt eines Obdachs, etwas Stroh und Brot, dazu Tinte und Papier. Der Meister steigt vom Ochsen, legt sich aufs Stroh und schläft vierzehn Tage und vierzehn Nächte. Ho! sagt er, als er aufwacht und sich die Augen reibt. Inzwischen hat der Grenzbeamte Yin Hin die Grenzkontrolle mit großer Nachlässigkeit erledigt, immer in Gedanken an die Lebenslehre des Meisters, auf die er hofft wie auf einen Goldschatz. So sind ihm eine Reihe Spitzbuben und Staatsverbrecher entschlüpft. Dafür wird er verhaftet, am Tage, da der Meister wieder auf seinen Ochsen steigt. Später hat der Geschichtsschreiber Si Ma Tsien das Verhalten des Meisters wie folgt entschuldigt: »Sein Streben war, sich selbst zu verbergen und ohne Namen zu bleiben.« Der säumige Yin Hin wurde hingerichtet. –

Zi errötet, als er das liest. Ist er wütend, oder hab ich ihn an seine früheren Tage erinnert, da er sich auf die Bitte eines Unwürdigen nicht anders verhalten haben würde als der arme Yin Hin. Hat er uns nicht den Traum vom Reich der Mitte gebracht?

Nun gehen wir müßig, und er betreibt die Geschäfte der Gemeinde, ordnet Wasserproben an, macht sich Gedanken über das wuchernde Farnkraut, will die Reisration erhöhen etc.

Mann, sagt Zi aufgebracht, Sie sollen Ihren Lebenslauf schreiben, nicht dieses Zeug! Man wird Sie auf Reisen schicken, man wird Sie zum Chefredakteur der Neuen Zeitung machen, das Leben geht weiter, und Sie wollen unerkannt bleiben, ohne Namen wie Ihr blödsinniger Meister vom Langen Weg.

Was soll ich denn tun, sage ich kleinlaut.

Schreiben Sie auf, wie Sie gelebt haben, sagt Zi, und seine Stimme klingt drohend.

Wie ich gelebt habe? Achtunddreißig Jahre habe ich gelebt, sage ich, ein Historiker, verheiratet, zwei Kinder, ohne eigentliche Beschäftigung, aus seinem Amt entlassen in den Jahren der alten Zeitrechnung.

Gut, sagt Zi, weiter. Warum entlassen?

Keine Ahnung, sage ich, auf dem schmalen Grat von einer Kultur zur andern geht als erstes die Erinnerung verloren. Ich kann mich nicht erinnern. Ich lebe so recht erst seit dem Einmarsch der Armee.

Richtig, erwidert Zi, das tun wir ja alle, aber einer muß doch die Kontinuität wahren.

Ach was, sage ich, die Utopie der futurologischen

Jahre ist geplatzt. Jetzt beginnt die Farnzeit und somit alles neu. Werden Mangobäume um Ihren Tempel stehen? frage ich.

Mangobäume! faucht Zi. Wir können froh sein, wenn wir das Ding überhaupt bauen können.

So groß wie Steiners Tempel in Zürich muß es doch wohl nicht sein, sage ich.

Was wissen Sie davon, sagt Zi.

Der Tempel, eine Art Kuppelbau, aber kaum größer als ein Wochenendbungalow, sollte am Ufer des Sees stehen. Die gewölbte Decke aus farbigem Glas war nach Vorlage von Zis abstrakter Malerei entworfen.

Was soll im Tempel verkündet werden? Li-wengs Dekrete, Zis Lebenslehren, oder unsere pragmatischen Erkenntnisse für den Tag? Aber auch da würde jeder für sich sprechen. Während für mich alle Dinge sich herangebildet haben, erklärbar sind durch ihr Werden, lebt Falk ein ewiges Studententum. Für ihn ist die Welt zeitlos erschaffen worden, zeitlos dauert sie an, ohne gut oder böse zu sein. Ihre tellurische Fläche, eine weit überschaubare Scheibe, enthält alles, was man während eines Lebenslaufes, der weder Anfang noch Ende kennt, an Erkenntnis, Nahrung und Schönheit braucht. Niemand ist vor seinem Ende glücklich zu preisen, würde Zi prophezeien. Woraus wir machten: Glück ist eine zufällige Begleiterscheinung und eine Frage der Vernunft.

Habe ich ein Leben, erkenne ich es an den Kindern, aber ich erkenne sie nicht. Sie werden mich überleben, und ich werde ihnen eines Tages so weit entfernt sein, wie mein Vater es heute für mich ist.

Sollten wir das vom Tempel der Weisheit verkünden?

Die Verkündigung einer neuen Zeit ist immer am schwierigsten zu Beginn einer neuen Zeit, sagt Zi. Wie wollen Sie einmal vor Ihren Kindern dastehen?

Jessica schien schon jetzt ihre Empfindsamkeit abzureißen wie die Streifen einer Haut, und darunter kam der praktische, unsentimentale Sinn ihrer Mutter zum Vorschein. Und Robert, zurückgezogen durch schwache Sehkraft, würde lange Zeit in der Gefolgschaft eines Stärkeren gehen.

Und Sie selbst? wollte ich Zi fragen, was haben Sie Ihrem Sohn hinterlassen? Aber Zis Sohn war jung an einer Krankheit gestorben, und wir alle konnten uns nun als seine Söhne betrachten. Der Tempel, dachte ich, würde eine große Vater-und-Sohn-Schule werden. Wir saßen in seinem Wohnzimmer, inmitten der alten Möbel und Spiegel. Frau Remann zog schon am Vormittag die Vorhänge zu und hing feuchte Tücher in die spaltoffenen Fenster. Doch es war, als ginge die Kühle von den Spiegeln aus. Sie brachte uns Thee und verschwand wieder, bedacht, unser Gespräch nicht zu stören. Könnte man sie, wollte ich fragen, nicht mit der Leitung eines kleinen Tempel-Theaters betrauen, sie selber würde die Hauptrollen spielen, abwechselnd der Kriegsgott und der Friedensgott sein, mit weißgeschminktem Gesicht und zurückgekämmtem Haar.

Ich unterdrückte die Frage. Seitdem Remann-Zi in zweiter Ehe mit ihr verheiratet war, hatte er aufhören können, über die Frauen nachzudenken. Wird der

Mann, so hatte ein anderer Meister geschrieben, nicht durch Neid, Mißgunst, Eifersucht und Zänkerei seiner Frau abgelenkt, kommen auch die Geschäfte des Staates in Ordnung.

Die Frauen, sagte Zi und wiederholte das Diktum jenes alten Meisters, als hätte er meine Gedanken lesen können.

7.
Der Fall der Engel

30. Mai
Wir haben den Geburtstag meiner Frau gefeiert. Die Kinder brachten Erdbeeren, Falk goß Most in eine Zinnkanne und legte ein von ihm gemaltes Stilleben daneben (ein rosa Schinken, von Brot und Weingläsern dekoriert), wir legten Blumen dazu, und ich ein paar Seiten aus dem Tagebuch, das ich bisher geheimgehalten habe. Abends kamen Zi und Frau Remann, und es gab einen Reiskuchen, den wir mit den übriggebliebenen Erdbeeren aßen. Zi kam spät aus einer Beratung mit Li-weng. Er versuchte aufgeräumt zu wirken und scherzte mit Li. Ein wenig betrachteten sie Li wie eine eigene Tochter. Sie war schon als Kind bei ihnen aus und ein gegangen, war von Frau Remann in die Künste des Haushalts eingeführt worden. Zi hatte ihr seine Bilder gezeigt und sie früh darin zu unterweisen gesucht, daß die Herkunft des Weibes mit Sünde zu tun habe. Li hatte davon nur die eine Episode vom Fall der Engel behalten, die aus hohem Leuchten herniederkamen, in luziferischer Geilheit, um sich mit den damals kaum aufrecht gehenden Menschenweibern zu verbinden. Oder hatten diese die Engel zu sich auf ihr Lager aus Baumrinde und welken Blättern gezogen? Die Engel büßten es, so Zi, mit noch tieferem Sturz; wir mit einem gebrochenen Bewußtsein, unglücklich bei den Tieren und unbehaust bei den Engeln und am

wohlsten noch bei den Frauen, als könnten wir bei ihnen das finden, was die Engel gesucht.

Oder war es nur eine Folge jenes Streites zwischen Gottvater und den Engeln gewesen, nach welchem Modell denn nun der Mensch auf Erden erscheinen solle? Die Engel hatten sich mit Gott überworfen, und diese hatten auf eigene Faust versucht, den Menschen nach ihrem Ebenbild zu schaffen. Seitdem gibt es zweierlei Menschenarten, denn auch Gott beeilte sich, seine Vorstellung vom Menschen zu verwirklichen. Was aber taten die Männer, als die Engel ihre Frauen verführten? Frau Remann erinnerte die Geschichte immer etwas an Figaros Hochzeit, aber sie konnte es nicht weiter erklären.

Li, in ihrem zwitterhaften Charakter, so stelle ich mir vor, könnte eine aus der Engel-Mensch-Sippe sein. Ihr Erbteil ist die ewige Unruhe. Darf so ein Geschöpf überhaupt heiraten? Zi lehnt diese Weiterführung seiner Falltheorie ab. Der Fall der Engel ist ihm nur ein Gleichnis für das, was sich immer wieder zwischen Mann und Frau abspielt. Beide zusammen bilden das Gefäß für den göttlichen Geist, ihre erfüllte Begier ist die aufgehobene Begier, ihre Harmonie, erreichen sie diese, schafft den einen unteilbaren Menschen, der in Gott ruht und wie dieser weder Mann noch Weib ist.

Ich improvisiere aus dem Stegreif eine Legende:

Als alles gesagt, alles getan, alles miteinander geteilt worden war, ging, ja, wer ging: eine Gestalt aus einer Legende, deren Namen ich vergessen habe, ging in die Wüste, Landschaft der Ewigkeit, verließ seine Frau, die ihn am Morgen und am Abend an ein abgeschlossenes Leben erinnerte. Er siedelte am Rande der Wüste zwischen Felsen und Kiefern im Laoshan Gebirge, am Rande eines fließenden Wassers. Da schickte ihm der Engel der Versuchung ein Weib, blauäugig und aus festem braunem Fleisch, und sie sollte ihm das zweite Leben sein. Er aber erkannte sie nicht, ging zurück, durchstreifte noch einmal die Wüsten, ging zurück zu seinem ersten Weibe und betete am Morgen und Abend hinab in die Tiefen des Brunnens, zu dem Drachen, der im Land der Mitte ein Gönner und Beschützer ist, zu ihm, der aus allen Tümpeln, Brunnen und Gewässern sein feuchtes Auge aufschlägt, betete, wunschlos zu werden, namenlos, eins zu werden mit seinem Weibe. Im Alter zeugte er mit ihr ein Kind.

Li senkte den Blick und strich mit der Hand über ihre Geschenke.

Zi schüttelte den Kopf und warnte vor der wildlaufenden Fantasie jener Dichter aus dem Senfkorngarten. Das feuchte Auge der Drachen, sagte er, ich fürchte, hierzulande verkündet es Unheil. Die radioaktive Verseuchung ist hart an der Grenze des Zulässigen.

Ändern Sie die Zulässigkeitsquote, schlug ich vor.

Über hellem Sand, klein zwischen hohem Farnkraut, kam De-zah auf dem Gartenweg. Sie wollte Li zum Geburtstag gratulieren und legte ein Paar Strümpfe und einen Lippenstift auf den Gabentisch. Zu Ehren des Gastes zündeten wir eine zweite Kerze an. De-zah nickte uns allen zu und kauerte sich schüchtern in den angebotenen Korbsessel. Sie trug die übliche Uniformbluse mit Achselstücken, dazu einen knielangen Rock. Sie fingerte an den Knöpfen der Bluse und lächelte auf Frau Remanns Fragen aus schwarzen, fließenden Augen. An den Füßen hatte sie Holzpantinen, und ich beobachtete, wie sie die rechte Pantine abstreifte und den nackten Fuß in die linke Pantine schob, wobei sie sich mit der großen Zehe die Fußsohle zu kratzen schien. De-zah war ein erwachsenes Kind. Als wir noch bei ihrer Mutter wohnten, nach der ich mich noch immer nicht erkundigt habe, hatte ich mir vorgenommen, sie bei passender Gelegenheit auf das kleine zerbrechliche Sofa ihrer Mutter zu legen, eine Hand auf ihrer Brust, ein Knie zwischen ihren Schenkeln. Doch war die Wohnung zu klein, immer standen alle Türen offen, kam jemand über den Flur und schaute in die Zimmer. Ihre Schulfreundinnen kamen, um gemeinsam Schularbeiten zu machen. Mit ihren Pferdeschwanzfrisuren, Jacken und Röcken sahen sie alle so aus wie Li vor ihrer Schwangerschaft. Sie waren größer und dicker als De-zah, mit schlecht gehaltenen Brüsten, die sie beim Rechnen und Schreiben achtlos auf die Tischplatte legten, und mit der gleichen Bewegung, mit der sie das Löschblatt abzogen, glitten ihre Brüste zurück in den vermutlich von ihren Müttern achtlos genähten Haltern. De-zah brauchte keinen Halter, hatte uns ihre Mutter in der Küche verkündet. Und rechtzeitig erfuhren wir auch von der ersten Menstruation des exotischen Kindes. Jetzt saß sie hier wie eine unglaubliche Erinnerung an die Vergangenheit, aus jener ›Zeit der kämpfenden Staaten‹, wie Zi jene Jahre zuweilen nannte, teilte sich mit in der dialektgefärbten Sprache, die auch Zi und meine Frau benutzten (Falk und ich stammen ja aus einer anderen Landschaft), und war Li-wengs Sekretärin. Schlief sie mit ihm oder nicht? Zi tat meine Frage jedesmal mit einer Handbewegung ab, als wolle er sagen, die Sorgen, mein Lieber, möchte ich auch mal haben.

Li bot ihr Thee an und Zigaretten. Falk tat etwas für unsere Unterhaltung in dieser Zeit ohne Radio und Schallplattenmusik, er montierte seine Querflöte, blies sie an, Frau Remann setzte sich an das alte Klavier auf der Diele. Sie einigten sich auf eine Sonatine von Telemann.

Die Kultur muß endlich wieder von den Familien ausgehen, sagte Zi bedeutungsvoll zu De-zah, die verloren nickte.

Ich öffnete die Gartentür. Die Farne und Kräuter, Riesengräser und Blätter schienen unhörbar zu wachsen, in rasender Zellteilung einem biologischen Wahnsinn folgend. Der Garten verfiel unrettbar, Unkraut überwucherte die Gemüsebeete, kroch an den Stämmen der Obstbäume in die Höhe, obschon Falk und die Kinder das Zeug täglich ausrissen. Li, die Katze, schlich ins Freie. Ich hatte beobachtet, wie sie die Mäuse, die sie erjagte, nicht mehr fraß. Vögel lockten verschlafen im Dickicht oder warnten vor unbekannten Gefahren. Ich schloß den Pavillon in der Nordecke des Gartens auf, weil ich allein sein wollte. Ich sehnte mich nach Schlaf, legte mich auf das alte Sofa und schloß die Augen. Immer mehr

Leute kamen zu Zi, weil sie nicht schlafen konnten, und baten um Rat. Frau Remann schlug in ihren alten Büchern nach und empfahl diesen und jenen Kräuterthee. War es die Ungewißheit? Die Touristen im Berghotel wurden nicht müde, Petitionen einzureichen, die ihre Lage schilderten (als hätten sie ein anderes Schicksal als wir). Sie stellten Anträge auf Ausreise in die Orte ihrer Herkunft, so, als mahnten sie den Zugführer, den Fahrplan pünktlich einzuhalten auf einer Reise, die längst beendet war.

Ich war eingeschlafen und wurde von einer Hand geweckt. An der Spur Hornhaut an den Fingern erkannte ich Lis Hand. Sie sind alle gegangen, sagte Li, und in meiner Schläfrigkeit konnte ich nicht antworten. Ich zog sie zu mir auf das alte bucklige Sofa. Sie war nackt unter ihrem Kleid, ihr vertrauter Schoß groß und feucht. Mit welchem Ort in Afrika, dachte ich, hatte der Schriftsteller Céline den Schoß der Frauen verglichen. Dann starben wir ›den kleinen Tod‹, wie die Franzosen den Akt nennen. Die Schwüle auch dieser Nacht trennte uns bald voneinander. Nach einer Weile folgte ich Li zum See. Da erwachte ich und merkte, daß es ein Traum gewesen war.

1. Juni
Li hat sich zu den Seiten des Tagebuchs geäußert, die ich ihr geschenkt habe. Es ist, hat sie gesagt, als ob unser Unglück erst dadurch richtig eingetreten sei.

Wieso Unglück? habe ich gefragt. Leben wir nicht alle und haben zu essen?

8.
Der 2044. Abschuß

3. Juni
Ich sitze im Haus und lese in alten Zeitungen. Die Schlagzeilen: Bolivien: Soldateska mordet Kumpel. Hanoi: Der 2044. Abschuß. Für Weltkonferenz im Jahr der Frau (im Reich der Mitte war es das Jahr des Hahns gewesen) Putschisten gerichtet. Am Rande »In Frauenkleidern floh Arne Oerlund aus dem Gefängnis von Kopenhagen. Bereits nach zwei Stunden wurde er wieder festgenommen: Er hatte eine Herrentoilette aufgesucht.«

Wozu also das Gruseln lernen, wenn die Zeitungen von gestern unterm Strich alles wieder ins Lot brachten; denn wozu aufregen, wenn die Natur trotz Verkleidung nicht zu verleugnen ist und ein natürliches Bedürfnis hilft, die Gerechtigkeit wiederherzustellen. Platzte nicht immerzu die Pointe des Komikers in die schlimmen Ansagen des Nachrichtensprechers?

Glaubt man Falks Berichten (er ist unser einziger Augenzeuge), so ist es der Wind, der gegenwärtig in der Hauptstadt die Rotationsmaschinen dreht, und vom Wind gejagte unbedruckte Blätter fliegen über die Dächer wie die Fahnen einer anhaltenden Kapitulation. Wie wäre es, habe ich Zi vorgeschlagen, wenn wir beide, Sie und ich, in einem von, sagen wir, Dezah gesteuerten Militärfahrzeug in die Hauptstadt führen – quasi Abgesandte der Kwan-yins?

Dafür ist es zu früh, sagte Zi und wiederholte Liwengs Parole von der Nichtexistenz der Hauptstadt. Mit anderen Worten, erläuterte Zi die Parole, zuweilen habe ich den Verdacht, man will erst alle Industrie von hier bis ans Meer schleifen und das in Parzellen aufgeteilte Land in einen dörflichen Urzustand zurückführen.

Alles Theorien, sagte ich und betrachtete seine übergroßen Ohren eines alten Mannes. Ich liebe den Alten, keine Frage, aber ich wünschte, er bliebe in seinem kühlen Zimmer zu Hause sitzen und dächte an uns wie Schüler, die man bei jedem Besuch, und sei es nur mit einem Satz, unterweisen muß. Einmal hatte er uns mit den Worten empfangen: Meine Freunde, warum seid ihr traurig, als wäre alles verloren! Die Welt geht schon lange in die Irre. Nun gebraucht der Himmel euren Meister als Glocke.

8. Juni

Abends, bei Kerzenlicht, überfällt uns zuweilen die Sehnsucht nach der Welt von gestern. Die Abende am Bildschirm, die Abende im Theater, in Oper und Konzert. Jene Ausstellungen alter Meister, die in ihrem späten Ruhm von Land zu Land reisten; zur Zeit ihres Schaffens verlacht, verpönt, verboten, waren sie nun durchsichtig geworden. Staaten machten Politik mit ihnen, und wir betrachteten ihre Bilder beinahe im Rauschzustand der Liebe. Die Bequemlichkeit der Welt von gestern, die Stadtbahnen, die wie ein aufgezogenes Uhrwerk waren . . . Friedenszeiten verführten zur Unduldsamkeit, und nun hatten wir die Langeweile jener Jahre mit der febrilen Langeweile dieser Zeit vertauscht.

Wenn wir mit Falk abends bei offenen Türen sitzen, Insekten um die wenigen Kerzen fliegen, der Garten sich unsichtbar ausdehnt, die Kinder im Bett liegen, spielen wir Kultur. Bis zum letzten Dämmerlicht habe ich am Fenster sitzend vorgelesen; der Schlußpunkt ist für die Kinder das Zeichen, ins Bett zu gehen. Dann spielt Falk, was ihm einfällt auf der Flöte, manchmal Improvisationen zu Themen, die wir ihm aufgeben. Später muntern wir Li auf, uns die Tänze vorzuführen, die sie als junges Mädchen gelernt und ausgeübt hat. Sie beginnt mit zögernden Schritten, rückt dann die Stühle beiseite, die Bewegungen ihres langen Kleides verwehen das Kerzenlicht, so daß ihr Schatten zerreißt, vergrößert wird, und die unheimlichen Gebilde an der Wand an das unheimliche Wachsen des Gartens erinnern, wenn ihre Hände zu Riesenfarnen werden.

9. Juni

Da wir oft vergessen, die Uhren im Hause aufzuziehen, bleiben sie unerwartet stehen. Dann erhebt sich die Frage, welche Uhr noch geht und ob die angegebene Zeit noch die richtige ist. Aber welches ist die richtige Zeit. Falk vergißt nie, seine Uhr aufzuziehn, doch es ist eine billige dicke Taschenuhr, von der wir behaupten, daß sie schon am Tage ihrer Herstellung nachging. Zis Uhr, der seine Zeit bei Li-weng stellt, markiert eine ganz andere Stunde. Um dieses allgemeine Durcheinander zu beseitigen (die Uhr am

Gemeindehaus ist längst stehengeblieben und so die Uhren am Bahnhof), will Falk im Garten eine Sonnenuhr konstruieren. Man muß ein Stück Unkraut roden, man braucht eine gut geharkte Sandfläche, die Zeiger ließen sich vielleicht aus Fahrradspeichen anfertigen. Wir fürchten, daß über Nacht neues Unkraut aus dem Sand stößt und wie ein unbekanntes Zahlensystem (ausreichend zum Ablesen einer Monduhr) das Rätsel der Zeit vergrößert.

Wissen Sie, wie spät es ist: ist deshalb eine Standardfrage im Ort, über die man andere Fragen vergißt.

Einzig Frau B., die Fußpflegerin, so heißt es, könne eine relativ genaue Antwort geben. Denn sie zieht ihre vier Uhren täglich zweimal auf, rechnet am Morgen und am Abend aus den unterschiedlich gehenden Uhren einen mittleren Wert aus, den sie auf eine fünfte Uhr (ihre Armbanduhr) überträgt. So kann sie die Frage nicht ohne Genugtuung beantworten. Mit der Zeit sehen wir sie schon als neue Wahrsagerin, die einmal am Tag, vom Balkon ihres kleinen Hauses, die Zeit verkündet (und die Zukunft). Zi würde es ihr bald im Namen des Generals verbieten und so eine alte Fehde mit ihr austragen. Ihre Feindschaft stammt aus der Zeit, da sie im Ort Zis medizinische Ratschläge mit Heilpraktiken verdarb, die Leute so zu sich lockend, die Zi gerade eben mit einfacher medizinischer Hilfe (zu der er ja amtlich nicht befugt war) versorgt hatte. Ich mag Frau B. wegen der Spottlust in ihren kleinen blauen Augen. Ihre Gestalt ist wie aus Kugeln getürmt und ebenso beweglich. Sie hat eine kräftige Hand, so daß ich mich ab und zu auf ihr Massagebett lege. Zi wäre gut beraten, eine Art Bündnispolitik mit ihr anzustreben. Sie stehen zueinander wie die dunkle Ying-Seele des Taoismus zur helleren leichten Yang-Seele, die nach dem Tode den Himmel erlebt wie eine große weite Landschaft. In den Kategorien früherer Jahrhunderte gesprochen, ist Zi ein Rationalist, ein Aufklärer, sein Gott ist gedacht, und auch in seiner Malerei ist er genau wie ein Geometer. Frau B. aber ist, trotz ihrer blauen Augen, die dunkle Nachtseite, ihr Uhrentick kann nicht darüber hinwegtäuschen, daß sie eine Metaphysikerin der Zeit ist.

20. Juni
Franz, so heißt der Apothekersohn und Musiker, steht seit gestern den neuen Herrn am nächsten von uns Jüngeren. Li-weng hat ihm den Flügel im Clubhaus anvertraut; denn von einem Tempelbau, sagt Zi, ist keine Rede mehr. Der General hat Noten aus dem Reich der Mitte besorgen lassen. Über Nacht hat Franz die neue Musik eingeübt. Es sei ihm leichtgefallen, hat er gesagt, ein wenig klingt alles wie Charles Ives, eine romantische Marschmusik. Er habe geübt bis in die frühe Stunde der üblichen Schießereien – Übungen im Scharfschießen, wie Zi erklärt. Nun, seit gestern also ist es soweit, der Ort hat ein neues Kulturzentrum, in welchem Zi wöchentlich Vorträge halten will. Die Einweihung gestern verlief eher dilettantisch, Franz führte die neuen Stücke vor, das Publikum war spärlich, nur wenige

Nachbarn, dafür aber alle Touristen aus dem Berghotel, angeführt von Dr. Berger, dessen stürmischer Begrüßung Falk und ich nur mit Not entkamen. Die Musik war so, daß man sich einen Chor im Hintergrund gewünscht hätte; so verrauschte der marschmäßige Auftakt trotz der Perfektion des Pianisten, der sich ab und an den Schweiß von der gerade spielfreien Hand an der Hose abwischte. Die Hitze ist unerträglich. Feucht und tropisch, obwohl kein Regen gefallen ist seit Einzug der Truppe. Dann erhob sich Zi, seine graue Mähne, seine kleine goldgerahmte Brille waren beredt genug. Er dankte zunächst der neuen Administration, wie er sagte, für die Gelegenheit, das alte Clubhaus mit neuem Geist zu erfüllen. Sodann verwirrte er die Zuhörer mit einigen Zitaten der großen Meister vom Senfkorngarten, vom Schilfrohr oder der Morgenröte. Dr. Berger seufzte hörbar laut, vielleicht nur deshalb, weil eine neu erfahrene Weisheit durchaus eine Art Wollust erzeugen kann – und zum Schluß zitierte Zi eine frühe Arbeit von mir, zum Einfluß des Reichs der Mitte auf das französische achtzehnte Jahrhundert. Ich hatte die Arbeit längst vergessen, und noch verschollener waren mir die Thesen. Ich gab mir keine Mühe hinzuhören, sondern suchte die Reihen nach De-zah ab. Sie war nicht gekommen, was mich verwunderte. Der Clubraum ist mit roten Seidenfahnen, Rollbildern und einem Bild des Großen Denkers und Lenkers geschmückt. In einer Nische, ziemlich klein und unauffällig, eine Abbildung des Friedensgottes Kwan-yin.

Man wird auch mich zu Vorträgen heranziehen,

und ich werde mich kaum weigern können; denn von der Tätigkeit des einzelnen soll in Zukunft die Zuteilung des sogenannten Sternengeldes abhängen.

Zum Schluß spielte der Apothekersohn den Huldigungsmarsch an den Großen Denker und Lenker, und wir erhoben uns alle von den Plätzen. Im Hinausgehen sahen wir Zi im Gespräch mit Dr. Berger, von dem wir gemeint hatten, er sei Lehrer. Er ist Chemiker, nach Zis Worten eine Größe und als solche von Li-weng längst registriert.

Zi spricht von möglichen Reisen ins Reich der Mitte für alle Kapazitäten des Ortes – eine Art geistige Demontage mit anderen Worten. Wir sind besorgt im Hinblick auf Falk. Zi will uns beruhigen, als hätte er zuviel verraten.

Inzwischen war es Abend geworden, wir begleiteten Zi noch eine Strecke über die staubige Straße, in der Hoffnung, noch mehr Neuigkeiten aus dem Gemeindehaus zu erfahren. Doch schwieg Zi sich aus, und wir trennten uns und nahmen die Abkürzung durch den Wald. Die Kinder plünderten einen Strauch mit reifen Waldhimbeeren. Zu Hause angekommen, hatten wir Lust auf eine gemeinsame Bootsfahrt. So lösten wir das große Ruderboot vom Halteseil, Falk stieß die Ruder ins dunkle stille Wasser, und ich warf die Angel aus, mehr zum Spaß für die Kinder als in der Hoffnung, etwas angeln zu können. Es war, als gingen auch die Fischbestände des Sees zu Ende. Diese frühen Abende gleichen einander. Die Sonne scheint immer an der gleichen Stelle unterzugehen, der am Tag blaßblaue Himmel dunkelt in der immer gleichen Tönung. Hatte die Erde aufgehört, sich zu drehen? Li saß müde im Boot zwischen den Kindern. Wir gestehen uns nicht ein, daß wir weg möchten, nach Süden Westen Norden oder Osten, weg von dieser Mitte. Der See erlaubt die Illusion eines Entkommens, seine Ausmaße scheinen sich trotz der Hitze nicht verringert zu haben. Nur in den Zimmern im Haus ist es, als wären diese kleiner geworden im Andrang der Äste und Pflanzen vor den Fenstern.

23. Juni
Auch Frau B. hat nun ihren Club. Unter dem Vorwand, ihre alte Praxis wiederzueröffnen, hat ihr das Gemeindeamt die Lizenz erneuert. Nun kommen ihr die Leute nicht mehr heimlich ins Haus, sondern stehen in aller Öffentlichkeit Schlange vor ihrer Gartentür. Wenn sie ihre Praxis öffnet, so pünktlich, wie es die im Durchschnitt errechnete Zeit ihrer vier Uhren erlaubt, sind es immer mehr, als der kleine Warteraum mit den Sitzbänken fassen kann. Da unser großzügiges Krankenkassensystem mit der alten Zeit dahin ist, muß man ihr etwas in Zahlung geben, sie nimmt auch die Münzen der neuen Währung, noch lieber Naturalien, am liebsten eine der knappen Fleischrationen. Ich bin bei ihr gewesen, mir die linke Schulter massieren zu lassen und aus Neugier auf den dämonischen Reigen, wie Zi ihre Kundschaft boshaft bezeichnet. Den Reigen tanzen vor allem die alten Weiblein im Ort, die Langeweile haben und deren einzige Boshaftigkeit von ihren

geschwätzigen Zungen herrührt. Sobald Frau B. in ihrem weißen Kittel an der Tür erscheint, verstummen die Gespräche im Wartezimmer und eine nur mühsam gezügelte Erwartung schlägt ihr entgegen. Sie ist das Orakel der Zeit und der Zukunft, und die Leute hören auf sie, wenn sie mit ihren kurzen festen Händen die Leiber betastet und knetet. Ja, sagt sie einleitend, Höhensonne, Elektromassage, das war einmal. Ohne Strom ist auch ihre Praxis nur die Hälfte wert.

Meine Schulter massierend, fragt sie zweideutig: Wie gefällt's Ihnen denn bei uns?

Meint sie, daß ich nach über zehn Jahren noch immer ein Fremder im Ort bin?

Eine gute Zeit zum Nichtstun, erwidere ich ausweichend.

Ich liege auf einem Ledersofa, das mit einem Bettlaken bezogen ist. Verschiebbare Wände trennen uns von den anderen Abteilungen ihrer Praxis. Auf einem kleinen Tisch habe ich ein Kartenspiel gesehen.

Was meinen Sie, frage ich sie, und meine Stimme klingt gepreßt, da mich ihre Hände durch und durch walken, wie wird es nun weitergehen?

Das sollten Sie doch besser wissen als ich, sagt sie, und ihre Schweinsäuglein schauen mich belustigt an. Schließlich geht doch der Hohe Meister bei Ihnen ein und aus.

Der Hohe Meister, sage ich mehr zu mir, und da ihre Hände mich im selben Augenblick loslassen, klingt es wie ein Ausruf. Nun, sage ich, ich sehe schwarz.

Ich auch, sagt sie, solange diese Berber sich hier breitmachen.

Berber, sage ich, so sehen sie eigentlich nicht aus.

Oder wo die herkommen, sagt Frau B. und kippt noch eine Spur Puder auf ihre Handflächen. Aber glauben Sie mir, es kommt noch ganz anders.

Mit dieser Prognose muß ich mich begnügen. Die Behandlung ist zu Ende. Ich erhebe mich und ziehe mein Hemd an. Als Bezahlung biete ich ihr eine Flasche Most an und verschweige, daß es ein Saft ist, gepreßt nach Frau Remanns Rezepten. Zum Abschied frage ich sie nach der genauen Zeit, die sie von ihrer kleinen goldenen Armbanduhr liest. Ich stelle meine Uhr und gebe ihr die Hand. Als ich hinaus will, öffnet Dr. Berger die Gartenpforte. Ein altes Rheuma, ruft er mir zu. Ich bin sicher, daß er nur die verschiedenen Machtpositionen im Ort kennenlernen will.

24. Juni

Schließlich muß ein dritter Club vermerkt werden, der eine Normalisierung der Verhältnisse in unserem Ort anzukündigen scheint. Es ist der Sportclub, ein Turnverein, der dienstags in der Turnhalle der erweiterten, noch nicht wiedereröffneten Grundschule seine Mitglieder versammelt. Geleitet wird der Club von einem Unbekannten, wie Li berichtet, die zu den Mitgliedern zählt. Auch Zi kennt den Mann nicht und zweifelt, ob er überhaupt eine Genehmigung für seinen Verein hat. Alles was man über den Mann sagen kann, ist, daß er früher der Geliebte der Schlächtersfrau gewesen ist. Sie selber war ja eine aktive Sportlerin, die auch jetzt die Abende des Blau-Weiß-Clubs besucht, wie der Verein sich nennt. Er wirbt mit handgeschriebenen Zetteln, die man an Zäunen und Bäumen findet und die in der linken unteren Ecke ein kleines Li vermerken, das Zeichen für eine genehmigte Veranstaltung.

Meine Frau jedenfalls glaubt, sie müsse Bewegung haben, Ball spielen, über Barren und Pferde springen, und weder Falk noch mir gelingt es, ihr diesen Unsinn auszureden. Wie Li erzählt, ist der Ton in diesem Club merkwürdig militärisch und knapp. Befehle wie stillgestanden, Augen rechts, habacht usw. sind dort so selbstverständlich wie das Vokabular vom geistigen Menschen in Zis Reden. So verdächtigen wir, mehr um Li zu ärgern, den Mann als entkommenen Offizier der alten Armee, als heimlichen Militaristen unter den Augen des schläfrigen Friedensgottes, und so wäre es besser, ihn bei Li-weng anzuzeigen.

Wie sich dann herausstellt, ist der Mann (nach Lis Berichten) bekannt gewesen mit Bekannten und Freunden von uns, die in der Hauptstadt verschollen sind. Ein Grund mehr für Zi, den Mann überwachen zu lassen. Wir vermuten, er ist aus einem Flüchtlingslager in der Sperrzone entkommen. Immerhin, durch ihn erfahren wir zum ersten Mal vom Vorhandensein menschlichen Lebens außerhalb der Sperrzone.

Könnten wir unseren Ort aus der Luft sehen, meint Zi, er müßte uns vorkommen wie eine Oase inmitten einer Wüste.

Li hat versucht, den Mann auszufragen. Er will nichts erzählen.

9.
Der Mann im Ch'an-na Turm

28. Juni
Haben wir einen Gefangenen der neuen Ordnung entdeckt? Den Mann im Ch'an-na Turm? Der Turm war einmal ein Getreidesilo, der alte Grützturm des Ortes, in früherer Zeit vielleicht ein Beobachtungsturm in der Zeit kurfürstlicher Kriege; am Anfang der Zeiten eine Erhöhung aus Feldsteinen, von der man den Ansturm der Hunnen vermelden konnte. Der Turm steht heute auf hölzernem Sockel, der einen Kasten von der Höhe eines zweistöckigen Hauses trägt. Darüber liegt ein spitzwinkliges Dach. Falk hat ihn Ch'an-na Turm genannt, ein buddhistisches Wort. Denn Zi hat andeutungsweise von Sekten in der Armee gesprochen, die Li-weng ausmerzen wolle. Ich bin in Nähe des Turms gewesen, den man erst aus wenigen Metern Entfernung wahrnimmt, weil er von Hochwald umgeben ist. Es stehen Posten vor dem Eingang. Vom Dach weht eine Fahne. Am Turm vorbei geht der Weg weiter in Richtung auf die alte Hauptstadt. Hier müßte nach unserer Vorstellung schon die Grenzlinie beginnen, die unsere Oase von der strahlenverseuchten Zone trennt. An der Färbung der Bäume könnte man Unterschiede wahrnehmen, ein fettes Grün in Nähe des Turms, eine winterliche Kahlfärbung jenseits des Weges. Der Posten steht mit dem Gesicht zum Ort; womöglich daß ein zweiter Posten mit dem Gesicht zur Hauptstadt jen-

seits des Weges steht. Hier ist der Ort zu Ende. Stille überall, bis auf das Krächzen von Raubvögeln. Den Mann im Ch'an-na Turm umgibt die Stille des Geheimnisses. Zi will wissen, es handele sich um jenen zweiten Offizier (oder wie immer sein Dienstgrad lautet), der uns auf der Chaussee empfing, am Tag der Befreiung. Li-wengs Doppelgänger? Am Ende Li-weng selbst, und der junge General in der Schreibstube ist ein Betrüger? Ist seine Festnahme ein fernes Echo von Streitigkeiten im Reich der Mitte, die uns nicht bekannt sind?

Zi erzählt dies und das, was uns vermuten läßt, daß er nicht mehr weiß als wir. Vorlaut reizen wir, Falk und ich, Zi mit Vermutungen und sagen: Wie, wenn der Mann im Ch'an-na Turm der einzige Nachkomme und Bewahrer der alten Lehren ist und gerade deshalb eingesperrt wurde? Wie, wenn er der einzige Vollstrekker der wahren Linie ist, der Autor jener sieben Gebote am Beginn der Neuzeit, und was uns hier regiert, ist nur eine Handvoll Abenteurer, ein meuterndes Regiment, das sich abgesetzt hat vom großen Krieg, der unentschieden irgendwo weitergeht im Namen des Großen Denkers und Lenkers? Wie stehen wir am Ende da, Zi nicht ausgenommen, wenn sich alles nur als Betrug herausstellt, wir aber kollaboriert haben mit der neuen Regierung auf Zis Anraten?

Unsere Vermutungen bleiben nicht ohne Eindruck auf Zi. Wie immer braucht die Jugend weniger Argumente als das Alter, wenn es um die Wahrheit geht. Natürlich wissen wir, Falk und ich, daß unsere Vermutungen auf reine Fantasie bauen. Zi verspricht, sich genauer zu erkundigen.

Man sollte, schlage ich vor, Verbindung mit dem Mann aufnehmen. Aber wie? Womöglich befreien wir unser aller Zukunft, wenn wir den Gefangenen befreien.

Wir beschließen, den Turm täglich im Auge zu behalten. Mit den Kindern organisiere ich Waldtouren, Wanderungen, die uns zunächst über Müllhalden führen, ehe wir im Hochwald Atemübungen machen und Wetten veranstalten, wer die meisten Beeren in seinen Eimer sammelt. Der Wald ist der Ernährer vieler geworden, wir können uns jederzeit vor den Posten legitimieren als Pilz- und Beerensammler, als Kräutersucher. Und so schaut der Posten unserem Tun mit Gleichgültigkeit zu. Oben, im letzten Fenster unterm Dach des Turms, ahnen wir das Auge des Gefangenen, wie es auf uns herabsieht, die wir seinen zwischen Ost und West unruhig wandernden Blicken eine Mitte geben und somit eine vage Hoffnung auf Befreiung.

Zi tut alles, um uns abzulenken, er steuert eigene Vermutungen bei, wie es sonst nicht seine Art ist. Es könnte ja, sagt er, auch so sein, daß der Mann eine Geheimwaffe zu bewachen hat, einen Atomdrachen, ein Feuerwerk, das uns das Ende der Welt beschert, und die Posten bewachen ihn, daß ihm soviel Macht nicht zu Kopfe steigt.

Li-wengs Armeedrache, sage ich, der böse Geist aus der Flasche, der zur Hauptstadt fliegt, wo es nicht darauf ankommt, ob die Steine noch einmal umgeschichtet werden.

Noch eine Möglichkeit – Falk hat sie erdacht: Der

Mann im Ch'an-na Turm ist ein Knabe aus dem Gebirge, aus den Schneebergen im Reich der Mitte oder aus dem Palast von Je-hol. Er wird zurückgehalten als Kulturträger einer neuen Religion, auf die der vermischte Glaube der vielen neuen Untertanen im Reich der Mitte eingeschworen werden soll. Die Zukunft bricht doch jeden Tag aufs neue an, man muß sie nur ein wenig vorbereiten und im Auge behalten. Zi lächelt, vermutlich über die Vorstellung, man könnte ihn zum Lehrer dieses Knaben berufen.

So weisen wir dem Unbekannten im Ch'an-na Turm jeden Tag eine neue Rolle zu, Falk hat verschiedene Skizzen gemacht, einmal das Porträt des wahren Li-weng, kahler Schädel, scharfer Blick. Oder als Knabe mit großen Tieraugen, ein Mal auf der Stirn als Zeichen für das dritte Auge. Oder als feuerspeiender Dämon, als Drache der Vernichtung, Hüter des Urfeuers. Schließlich als zufrieden-dickes Buddhagesicht mit den Konturen des Großen Denkers und Lenkers.

Allein halte ich mich ganze Tage in den Wäldern um den alten Turm auf. Ich lese oder suche Waldbeeren, um den Verdacht des Postens nicht zu wecken. Ich weiß, welcher Gefahr ich mich aussetze. Drache oder Knabe, das Reich der Mitte wird keinen Zeugen dulden. Um die Mittagszeit fährt von jenseits des Ortes ein Militärfahrzeug heran. Der Posten wird ausgetauscht. Fahrer und Beifahrer begeben sich in den Turm. Der eine trägt ein kleines Gefäß, fast wie eine Urne, darin man das Essen für den Gefangenen vermuten kann. Während sie im Turm sind, esse auch ich von dem, was ich mitgebracht, einen mit Obst vermischten Reisbrei, einen Trunk Beerensaft aus einer Bierflasche. Ich unterdrücke das Verlangen, eine Zigarette zu rauchen, um mich nicht zu verraten. Wenn der Wald im Abendrot zu brennen scheint, glaube ich eine Flötenmusik und ein vages Singen aus dem Turm zu hören, aber es ist der Posten, der vor sich hin singt, während er, ohne seinen Standort zu verlassen, sein Wasser abschlägt.

11. Juli
Zi, den unsere Vermutungen geärgert haben, will nun wissen: der Mann im Turm ist ein hoher Offizier, im Range Li-wengs. Eingesperrt ist er auf Befehl des Reichs der Mitte, wo ihm der Prozeß gemacht werden soll. Weswegen? Keine weiteren Erklärungen, sagt Zi. Die durch Li-weng vertretene Ordnung ist die richtige und einzige. Spekulanten wie wir, sagt Zi und entfernt sich dabei sehr weit von uns, als säße er uns an seinem Schreibtisch gegenüber, Spekulanten wie wir sind eine Gefahr für die neue Ordnung. Wir sollen uns in acht nehmen und der neuen Zeit bestenfalls mit Staunen, aber nicht mit Argwohn begegnen.

Dennoch hören wir nicht auf, uns den Mann im Ch'an-na Turm vorzustellen. Wieder gehen wir in den Wald, wo wir im Gestrüpp herumsitzen, von verschollenen Bekannten aus alten Tagen erzählen und um die Mittagszeit das Militärfahrzeug beobachten. Einmal haben wir ein Gesicht an den blinden Scheiben des Oberturms gesehen. Und bei einem dieser Spaziergänge im Wald fanden wir das Blatt, das randlos mit feiner Kalligraphie überzogen war. Ich halte es für die Prosafassung jenes Gedichtes des Meisters vom Senfkorngarten, das zur Zeit seines Exils entstand. Es beginnt mit den Zeilen: NEBEL ÜBERM SEE, ICH IN DER FERNE ... ACH HÄTTE ICH DOCH VOM GRAS GELERNT MICH ZU BEUGEN ...

Nun wissen wir es, der Mann im Turm ist ein verfemter Dichter. Wir werden das Blatt vor Zi geheimhalten. Zu Hause erinnerte Falk, daß in der Nacht ein ungewöhnlicher Wind aufgekommen war, den der Mann im Turm benutzt haben wird, seine Botschaft auszuschicken, die an windstillen Tagen dem Posten vor die Füße gefallen wäre. So warten wir auf einen windigen Tag, uns wieder in den Wald zu begeben, auf der Suche nach neuen Botschaften. Der Unbekannte im Ch'an-na Turm hat unsere Sympathie.

15. Juli
Arbeitslos wie wir sind, spielen wir: Rettung des Mannes im Turm. Das Komitee zur Rettung besteht aus Falk und mir; den Apothekersohn haben wir nach einiger Überlegung nicht eingeweiht. Wir gehen in den Wald, bestechen die Wächter (womit?), dringen in den Turm ein. Es riecht nach Staub und Kornresten, Falk muß niesen, der Mann im Turm antwortet mit einem kräftigen Ho!, dem ein langes donnerndes Gelächter folgt, und wir erkennen in ihm unseren Bruder.

17. Juli
Eine weitere Botschaft kam nicht in unsere Hände. Bei einem unserer Waldgänge sahen wir den Posten einen Zettel lesen, der das uns bekannte Format hatte. Er hielt das Blatt lange und nahe ans Gesicht, als könnte er keinen Sinn in den Zeilen finden. Dann schien er zu zweifeln, als wolle er zu seinem Kollegen auf der anderen Seite des Turms gehen. Er durfte weder seinen Platz verlassen noch den Zettel behalten, wollte er nicht geheimer Mitwisserschaft mit dem Gefangenen bezichtigt werden. Weshalb er das Papier in winzige Schnipsel zerriß, die er mit dem Stiefelabsatz in den weichen Boden trat.

Neue Mutmaßungen bei uns: War das ein Hilferuf, der uns galt? Hatte der Mann im Turm uns gesehen und hoffte er auf eine Tat?

Am Ende sitzt nur der ehemalige Bürgermeister im Turm, sagte Falk in seinen schwärzesten Augenblicken.

All das, was du siehst, variierte ich den alten Spruch, ist es nicht, sei es von vorne, hinten, in allen zehn Richtungen.

10.
Der kleine Krieg

1. August

Der Sportlehrer war uns nicht geheuer gewesen. Jetzt ist er in den Wäldern verschwunden, wo er mit Mitgliedern seines Sportvereins den kleinen Krieg nach Vorlage einer alten Zeitung probt. Li, meine Frau, ist, mit starken Menstruationsbeschwerden im Bett liegend, davor bewahrt worden, sich der Gruppe am fraglichen Tage anzuschließen. Er hat, sagt man, Komplizen gehabt. Ausgerechnet Bekannte von uns aus den alten Tagen. Wir nehmen an, daß sie bei uns anklopfen werden. Ob wir ihnen die Tür öffnen oder nicht, muß noch beraten werden.

Ich will versuchen, die Vorfälle zu rekonstruieren, und nehme mir eine alte Zeitung zu Hilfe, die gleiche vermutlich, mit der auch der Sportlehrer seiner Gruppe den rechten Widerstandsgeist beibringen wollte. Sein Verein, der dienstags in der Turnhalle der ansonsten verschlossenen Schule zusammenkam, zu Muskelspielen und Reckübungen, war rasch so zahlreich geworden, daß es nicht auffallen konnte, wenn zwei weitere Instrukteure einige Ausgewählte trainierten oder für sich beanspruchten. Im allgemeinen kann man sagen, daß der Verein etwas gegen die Langeweile der Ortsbewohner tat. Aus Zis Angaben weiß ich, wer die beiden sind: Gernold, ein früherer Kollege von mir aus dem Kombinat für Wissenschaften, und Heiliger, einst Sekretär eines Musikerverbandes. Immer wieder waren die Übungen ins Freie verlegt worden, aus Platzmangel in der Halle, wo jeder seinen Nachbarn anstieß beim Armeausschwenken, was eher an militärischen Nahkampf erinnert haben soll als an gymnastische Übung.

Schon bald waren Parolen an verläßliche Mitglieder des Vereins ergangen (nicht an Li), nachts zusammenzukommen zu einer geheimen, scheinbar sportlichen Übung, einem Gepäckmarsch, zu dem jeder schwere Gegenstände, Feldsteine oder anderes, mitzubringen hatte. Ich lese dazu in meiner Zeitung: »Die Nacht der Bewährung. Ostwärts der Hauptstadt haben sich versprengte Kräfte des Gegners, die aus der Luft abgesetzt wurden, verschanzt ... 0.55 Uhr: Düstere Nacht verdeckt den Mond. MG-Feuer flattert am Horizont ...«

Li sagt, der Sportlehrer habe auch in seinen einfachen Anweisungen diese blumige Rhetorik von düster und flatterndem MG-Feuer bevorzugt und dabei ausgesehen wie ein schlechter Schauspieler. Einige der Teilnehmer brachten Kieselsteine in Säcken mit. Nun werfen sie damit unter der raunenden Beschwörung des Anführers. »3.19 Uhr: Ein Hagel gut gezielter Einzelwürfe prasselt auf den Gegner ...«

Losungen wurden ausgegeben. Was Falk und mich besonders erbittert, denn die Losung hieß: Der Mann im Ch'an-na Turm. Die Gruppen – es sind viele Frauen darunter – arbeiten sich mit Messern und Gartenscheren durch das boshaft verfilzte und verfarnte Walddickicht. Die Kommandeure dulden auch von den Lippen junger Mädchen keine Witzworte. Schweigen und der kurze Befehl zum Angriff. In Nähe eines imaginären Gegners werden die Befehle geändert: Die Vorhut der stärksten Männer stößt ausgesuchte Feldsteine ins Dickicht. (»Kugelstoßen«). Neue Parole sodann: »Durchbrechende Gegner sind unverzüglich zu verfolgen und mit allen Mitteln zu vernichten!«

Trotz der Parole vom Mann im Turm verläuft der Angriff ostwärts, in Richtung auf die vorgestellten Grenzlinien hin, die unseren Ort umgeben sollen – als Strahlungsgürtel oder in Gestalt gut verteilter Posten, das bleibt dahingestellt. Es genügt die Nähe der Gefahr, um den kämpferischen Hauch der Übenden nicht erkalten zu lassen. »Der schwerste Sturm für die 2. Hundertschaft beginnt. Unter Schutzmaske und Schutzanzug, durch halbmannshohe Kiefernheide stürmt sie die Höhe 91.0.« Feuchte Taschentücher, um Mund und Nase gebunden, ersetzen die Schutzmasken. (»Dauerlauf«). Im Morgengrauen werden Späher ausgesucht, die auf Bäume klettern. Sobald die ersten Sonnenstrahlen den Ch'an-na Turm am anderen Ende des Waldes treffen, ist die Übung siegreich beendet.

»Den Abschluß der Übung bildet eine Feldparade.« Die drei Kommandeure, der Sportlehrer, Gernold und Heiliger (ich stelle mir Gernolds erhitztes Gesicht vor), nehmen die Parade ab: die Vereinsmitglieder defilieren vorbei, legen grüßend die Hand an die Schläfe und begeben sich einzeln, möglichst unauffällig, zurück in den Ort und in ihre Betten.

5. August
Gernold hat es uns bestätigt: der kleine Krieg ging im letzten Winter in den großen über. Wir haben ihn bei uns aufgenommen, ungeachtet er in Li-wengs Augen kompromittiert ist. Gernold in der Rolle des Illegalen, ich kann mir vorstellen, daß es ihm gefällt. Er bringt Unruhe mit sich, die alte Unruhe, die wir abgelegt haben. Er läuft durch Haus und Garten, betrachtet kopfschüttelnd die Embleme einer ihm fremden Philosophie und Malkunst. Jetzt sitzt mir die Vergangenheit im Haus, denke ich, und unsere alten Streitgespräche drohen erneut auszubrechen. Unsere Freundschaft lebte schon immer von diesem Streit. Mag sein, er ist in seinen Meinungen stehengeblieben, und ich habe mich seit jenen Tagen verändert. Obschon seine Meinung das ständige Sichverändern zur Grundlage hat. Um Falk macht er einen Bogen. Der bekennt sich rückhaltlos zu einer Philosophie des Augenblicks, gerade weil jeder Augenblick tausendjährige Strukturen bewahrt. Wozu dann an historischen Prozessen hängen? Für Gernold waren Naturwissenschaftler schon immer ein Greuel. Nun gut, hält er Falk vor, wenn sich die Atome seit Leukipp und Demokrit nicht verändert haben, so habt ihr sie doch gespalten. Den Rest kennt man.

Falk schüttelt sich aus vor Lachen. Ich lenke ein und frage Gernold, wieso ausgerechnet er, ein unsportlicher Mensch, solange ich denken kann, sich diesem miesen Sportverein angeschlossen habe. Mies oder nicht, sagt er, Bewegung ist alles. Und mit dem

Eifer eines Schwindsüchtigen – wer würde ihm mehrere Eheschließungen und Kinder die Menge zutrauen –, befruchtet er seine dürren Theorien von der notwendigen Veränderung.

Falk und ich sind uns gegen ihn einig, daß die Welt endlich da angekommen ist, wohin sie schon immer gewollt hat. Jetzt heißt es still dasitzen und zuschauen.

Um den Preis eures eigenen Verfalls, höhnt Gernold. Er lehnt die Zigaretten aus Armeebeständen ab, kaut dann und wann einen Fingernagel. Wir lümmeln auf den Korbstühlen im Nordpavillon und trinken einen in Gärung befindlichen, leicht alkoholisierten Fruchtsaft, ein Gebräu aus Lis Küche, nach Rezepten von Frau Remann. Durchs offene Fenster dringt Kindergeschrei und das dumpfe Geräusch, das Li mit einem Schlegel erzeugt, mit dem sie auf die nasse Wäsche einhaut. Könnte Gernold einen Moment still sein, wäre es, als ermahnte draußen ein Meister des Zen seine ungelehrigen Schüler mit rhythmisch verabfolgten Schlägen. So aber macht uns Gernold zu seinen Schülern. Gernold schwitzt an Nase und Ohren, er wischt die dicken Brillengläser ab und schließt dabei seine kleinen Augen.

Das Volk in diesem Ort, sagt er, ist unmündig. Man muß ihm mit Disziplin begegnen. Das tut der Sportverein, und er tut es mit den Mitteln, die im Augenblick gegeben sind. Eine Politik der kleinen Schritte.

Und der großen Steine, ergänzt Falk.

Nun gut, man wird sehen, ob es dabei bleibt, gibt

Gernold mehrdeutig zurück. Eine Mündigsprechung kann nur Angelegenheit der Zukunft sein.

Falk und ich sehen uns an: Wie lange hatten wir dieses Wort nicht mehr gehört.

Denn im Augenblick, fährt Gernold fort, ist sein Bewußtseinsgrad so gestört, daß es, ohne Anleitung, eine unterschiedliche Willensbildung hervorbringen würde, und das Chaos wäre perfekt. Eine Leitung muß her, sage ich, und Gernold, der so erzogen worden ist, verbale Zustimmung für eine echte zu nehmen, nickt und sagt: Du siehst es ja selbst ein.

Die Kwan-yins sind unsere Befreier, sagt Falk, nur ihnen vertrauen wir die Leitung an.

Gernold stutzt und lacht. Er kann nicht wissen, daß Falk eine Parole aus dem Gemeindehaus wiederholt, um ihn zu reizen. Welche Welt willst du denn wiederhaben, sage ich. Jene, da vorn den Schlagersängerinnen die Rosen aus der Kehle blühten, während hinten Napalmbomben auf Kindergärten fielen?

Die andere natürlich, sagt Gernold und nimmt nun doch eine Zigarette. Abscheuliches Kraut, sagt er. In deiner romantischen, ahistorischen Humanität bringst du alles durcheinander.

Also muß der große Krieg wieder in den kleinen übergehen, sage ich.

Richtig, sagt Gernold, und diesmal kämpfen die Ausgebeuteten gegen ihre Ausbeuter. Im Grunde verteidige ich hier (er nannte ein paar Namen, die uns entfallen waren) gegen deine Senfkorn-Denker.

Derart gefestigte Prinzipien, sagt Falk, und dann den Krieg verlieren.

Der Krieg ist noch nicht verloren, sagt Gernold, und wir lassen ihn in Ruhe, da die Strapazen der letzten Monate ihn sichtlich erschöpft haben.

Er war aus einem Internierungslager ausgebrochen und hatte sich durchgeschlagen von Stadtteil zu Stadtteil. Manche Viertel, erzählte er am Abend, waren nur Schutthalden, andere, deren Häuser und Straßen intakt schienen, waren Geisterstädte, entvölkert vom Gift einer unbekannten Strahlung. Und das Entsetzlichste, die Toten lagen unversehrt, wie schlafend, auf den Straßen oder in ihren Wohnungen. Aus Angst, sich anzustecken, habe er diese Viertel gemieden, obschon man gerade hier noch Vorräte finden konnte, volle Kühlschränke und surrende Apparate, die unerklärlicherweise noch unter Strom standen. Man hätte also auch Rundfunkapparate und Fernseher bedienen können. Er habe sich aber nicht getraut, als könnte das Herunterdrücken einer Taste ihn verraten. Andere Viertel seien derart unterkühlt worden, daß ihre Bewohner erfroren waren. Zum Beweis zeigte er seine blaugefrorenen Zehen, die er aus einem zerlöcherten Strumpf wickelte. Im Lager habe man ihnen nur Stoffschuhe gegeben.

Turnschuhe? fragte Falk, aber wir verbaten uns diese kindische Provokation. In der Frostzone, fuhr Gernold fort, habe er sich besonders lange aufgehalten, um Nahrung zu sammeln. Und auch hier will er seine Worte glaubhaft machen, verlangt seinen Rucksack (den ihm die Kinder heranschleppen) und packt einige Dosen aus.

Da er ostwärts lief, wurde es warm und wärmer,

bis er, als er unsere Vegetation erblickte, in wenigen Tagesmärschen einen anderen Kontinent erreicht zu haben glaubte.

Wir sehen ihn an und staunen. Auf andere Art als wir ist auch er ein Überlebender. Wir wollen ihn retten, bei uns behalten, Zi überreden, sich für ihn einzusetzen. Doch Gernold ist hier, um zu kämpfen, er sagt es in jedem Satz. Die Okkupanten müssen vertrieben werden, damit der alte Traum vom allseitig erzogenen sittlichen Menschen wieder geträumt werden kann. Nicht geträumt, korrigiert Gernold einen Augenblick der Schwäche: erkämpft! Falk nennt an dieser Stelle die zwölf Farben der Mangofrüchte und ergänzt: mehr gab es im Paradies auch nicht. Gernold schüttelt den Kopf, als wolle er sagen, die Hitze habe uns langsam entnervt. Und er hat recht. Wenn die Temperaturen noch mehr steigen, werden wir als lederhäutige Mumien vor unseren Häusern sitzen, während der See in grandioser apfelsinenfarbener Apotheose am Himmel verdampft. Gernold hat in den Wäldern unterwegs exotische Tiere gesehen und sich vor Löwen und Bären verstekken müssen. Vermutlich sind sie aus dem Tierpark ausgebrochen. Wir bitten ihn, bei uns zu bleiben und den Beginn einer neuen Zeit abzuwarten. Wüßte ich nicht, daß ich Herr meiner Sinne bin, sagt er, könnte ich jetzt glauben, in den Wäldern das Einhorn gesehen zu haben – da kann man sehen, was eure Halluzinationen anrichten!

Später nehmen die Kinder diese Visionen von Einhörnern und Löwen in ihre Gartenbilder auf, die sie jetzt unter Falks Anleitung malen. Am Ende der Dritten Dynastie, hatte mir Zi in diesen Tagen gesagt, waren die Zustände so gewesen, daß die Fehler keine Fehler und die Verdienste keine Verdienste mehr waren. Jedes Ordnenwollen durch Berufene hatte zu größerer Unordnung geführt. In welchem Jahrhundert war das so gewesen? –

Gernold, der an Schlaflosigkeit leidet, bittet mich um alte Zeitungen. Ich gebe ihm einen Packen, nicht ohne abfällige Bemerkungen zu machen. Er findet sogleich jenen Bericht mit der Überschrift: Die Nacht der Bewährung. Die versponnen-kernigen Sätze haben auf ihn die Wirkung eines Elixiers. Genauso war es, sagt er, und ich weiß nicht, ob er den Einsatz meint, von dem die Zeitung berichtet oder jene Nacht des Sportvereins.

Die festliche Parade steht wohl noch aus, sage ich.

Die kommt noch, erwidert er, darauf kannst du dich verlassen. Wenn es auch dauern wird. Man muß zumindest die Reinheit der alten Lehren bewahren.

Ich lächle. Es sind genau die Worte, die Zi damals vor dem Einmarsch der Truppe zu uns gesagt hat.

Ich denke an die fünftausend Worte des Wanderers vom langen Weg, und dabei fällt mir der Mann im Ch'an-na Turm ein.

Also auch du weißt davon, sagt Gernold. Wir brauchen ihn für die Rückeroberung, für die – und ich staune, daß er einen sehr alten historischen Begriff verwendet –, für die Reconquista. Dafür müßte man ihn befreien und an die Spitze einer Armee stellen, sage ich.

Dein erstes konspiratives Wort heute, sagt Gernold erfreut und legt die Zeitung beiseite.

Nein, nein, sage ich, wartet damit. Es ist immer gut, jemanden befreien zu müssen.

Immer wird es einen Mann im Turm geben, der befreit werden muß, wenn das Volk unterdrückt ist, sagt Gernold geheimnisvoll.

Wie immer, sage ich, läuft deine Strategie in Mystik aus. Welches Volk willst du denn befreien? Das hier im Ort lebt, hat Nahrungssorgen und vielleicht Angst vor der Zukunft.

Wir haben die Schlüssel zu den staatlichen Vorratslagern, sagt Gernold.

Was ist aus den andern geworden, frage ich und nenne ein paar Namen.

Die leben noch, sagt Gernold, auch wenn sie in Kämpfe mit Gruppen aus anderen Stadtteilen verwikkelt waren, als ich sie zuletzt sah.

Mir scheint, erwidere ich, zur Zeit sind wir, die wir mit dem Reich der Mitte gehen, an der Spitze aller Bewegungen.

Opportunisten, lacht mich Gernold aus, Parteigänger der zur Zeit stärkeren Macht.

Aber auch das sind Worte aus einer anderen Zeit, die mich nicht mehr treffen können. Am Ende einigen wir uns auf den Mann im Ch'an-na Turm, nur daß wir ihm jeweils eine andere Fahne in die Hand drücken. Dann übersetze ich für Gernold einen alten Spruch, der gerahmt an der Wand hängt: »Faßt du einen Gedanken, kannst du es so nicht erfassen. Faßt du keinen Gedanken, kannst du es so nicht suchen.«

Das ist nicht die Parole, erwidert Gernold. Die wahre Parole des Mannes im Turm, der längst Mitglied unseres Vereins ist, lautet: Der Gegner ist mit allen Mitteln zu vernichten!

Wie alle Idealisten, die einer Fliege nichts zuleide tun können, schwärmt auch Gernold für radikale Lösungen.

Aus dem Haupthaus dringt Falks nächtliches Flötenblasen. Ich bitte Gernold zu diesem Abendkonzert, das wir uns zur Gewohnheit gemacht haben. Aber er lehnt ab und bleibt bei den alten Zeitungen, die er unterm Lichtkegel einer mitgebrachten Taschenlampe ausbreitet.

11.
Anzeigen und Geständnisse

6. August
Am nächsten Morgen ist Gernold weg. Er hat seinen Rucksack mitgenommen, in dem seine ganze Habe war, ein paar Konserven, wenige Bücher und ein paar Zeitungen, die er gestern im Bett gelesen hatte. Überleben ist alles: Aber auch der Kopf braucht seine Nahrung. Nun, er oder wir: Ich kann ihn jetzt bei Li-weng anzeigen und dadurch zerstreuen, was mir an Verdacht vielleicht schon anhängt. Gernold hätte in meiner Lage nicht anders gehandelt. Die Wahrheit war ihm stets konkret, so auch die Moral. Bei ihm die Moral für die Sache, bei mir eine des Existierens; auch das eine angestaubte Kategorie aus dem Gestern. Denn was würde aus der Familie, stellten sie mich vor die Mauer. Vermutlich striche man ihnen die Lebensmittelkarten, die Zuteilung an Münzgeld. Doch haben am Ende auch Li und die Kinder keine Chance zu überleben – wozu also brauchst du deine Privatmoral, höre ich Gernold sagen, schließe dich uns an, wir sorgen gemeinsam für den Verein, und der Verein, für sich sorgend, sorgt für dich.

So aber mache ich mich nach dem Frühstück auf, ohne von meinem Vorhaben etwas zu sagen. Es ist mein zweiter Gang zur Kommandantur, zum Gemeindehaus, Zis Amtsstelle.

Der Ort, ich betrete ihn selten, scheint verändert,

unauffindbar, beinah zugewachsen. Was tun all seine Bewohner, nur um zu vergessen, daß sie auf etwas warten. Kein geordnetes Leben mehr, keine Hast zu den Fernzügen, kein Leben nach der Uhr, keine Aussicht auf den kleinen Feierabend, das freie Wochenende. Kaum daß man einen Soldaten der Armee sieht, dessen Leben doch nach strengem Reglement verlaufen muß. Wohnen sie wirklich alle in einem Zeltlager, das mal hier, mal da aufgeschlagen wird? In verhangenen Limousinen fahren manchmal vermutlich hohe Beamte durch den Ort, Staubfahnen hinter sich ziehend, halten vor dem Gemeindehaus, kleine Männer mit freundlichen Gesichtern steigen aus, rote Mappen unterm Arm, Uniformen ohne Rangabzeichen, und nur die Fahrer tragen Stahlhelme, deren Ränder bis in Augenhöhe reichen. Die Ortsbewohner sehen vorbei, und von den Uniformierten ist ungewiß, ob sie uns ansehen.

Auf der Dorfstraße kam mir De-zah entgegen. Wie immer hatte sie die Ärmel ihrer Militärbluse aufgerollt bis zu den Ellenbogen. Auch diesmal schlägt mir bei ihrem Anblick das Blut ins Gesicht, und ich weiß nur, daß ich sie haben möchte, schläft sie nun mit Liweng oder nicht. Sie geht langsam an mir vorbei; wobei sie mir zuflüstert: Du bist in Gefahr, überlege, was du aussagen wirst. Man weiß, wer bei dir aus und ein geht.

Sie hat mich noch nie geduzt, also muß die Gefahr sehr groß sein, denke ich und drehe mich nach ein paar Schritten nach ihr um. Sie trägt Zöpfe, und man starrt sie an. Daß sie unsere Sprache spricht, macht sie bei den Leuten im Ort nicht beliebter. Dieses Pack elender Schollenbauern und betrügerischer Zahlenarbeiter ... Meine Augen brennen, es muß das Fieber sein, das Zi bei vielen diagnostiziert hat, die ihn heimlich konsultieren, wie in den alten Zeiten. Es ist eine Hitze im Gesicht wie vor dem Ausbruch einer Grippe.

Vor dem Gemeindehaus steigt ein Mann auf den Rücksitz eines Militärfahrzeugs. Ich glaube, den General zu erkennen, und verbeuge mich, als das Gefährt dicht an mir vorbeifährt und mich in einer Staubwolke zurückläßt. Dann gehe ich in das schon bekannte Zimmer, wo man sich anzumelden hat. Als ich anklopfen will, kommt Frau B. aus der Tür. Denken Sie nur, sagt sie ohne jede Vorrede, und sie schnauft, als sei sie gerade die Treppe hochgekommen –, ein Mann wollte sich bei mir einquartieren, den ich gar nicht kenne. Das habe ich aber gemeldet. Wie leicht kommt man bei diesen Zeiten in einen falschen Verdacht.

Ich nicke ihr zu und bin versucht, mit meinen Geständnissen schon hier zu beginnen. Auch uns ist es so ergangen, sage ich.

Ja? sagt sie, aber es klingt eher ungehalten, als habe ich ihr eine Eroberung streitig gemacht. Ich vermute, daß es sich um Heiliger handelt, wie ich von Gernold weiß. Doch ehe wir unsere gemeinsamen Erfahrungen austauschen können, höre ich von drinnen De-zahs Stimme (sie muß schneller als ich über eine andere Straße zurückgelaufen sein): Der Nächste, bitte!

Ich trete ein, sie blickt kaum hoch. Was wünschen Sie, bitte, sagt sie kalt zu mir und zeigt auf den Stuhl vor ihrem Tisch. Alles im Zimmer ist so wie beim letztenmal, das Bild an der Wand, die vertrockneten Pflanzen auf dem Fensterbrett, und nur die toten Fliegen sind weggefegt. Ich halte ihr die Hand zum Gruß hin, die sie übersieht. Dann erzähle ich vom Besuch eines vermutlichen Feindes der neuen Ordnung, den aus meinem Hause zu entfernen ich die Behörde bitte, da ich meine Kinder, meine Frau, ja mich selber seinem zersetzenden Gerede nicht länger aussetzen möchte.

Die Feinde der neuen Ordnung werden wie Fliegen ausgemerzt, erwiderte sie in einem Singsang, den ich von ihr noch nicht gehört habe.

So soll es sein, sage ich und verbeuge mich. Dann bitte ich, meine Aussage an den General weiterzuleiten.

Dafür ist Herr K'uang zuständig, sagt De-zah und bedauert, mich im Augenblick nicht zu ihm führen zu können. Sie bittet mich, einen Moment zu warten, geht ins Nebenzimmer, und als sie wiederkommt, hat sie meine Aussage auf ein Blatt Papier getippt. Ich lese die Sätze flüchtig durch und unterschreibe mit einem Stift, den sie mir hinhält. Ihre Fingernägel sind frisch lackiert, und ich brauche eine Weile, bis ich meine Augen von diesem schreienden Rot nehmen kann, um zu erkennen, was meine Hand schreibt. Albernerweise setze ich unter meinen Namen: Der kleine Meister vom Senfkorngarten. De-zah liest es und bricht in Gelächter aus. Auch ich will komplizenhaft zurücklachen, da klingelt das Telefon, und wir fahren beide zusammen. De-zah meldet sich mit starrem Gesicht, dann reicht sie mir den Hörer.

Für Sie.

Herr K'uang? frage ich beunruhigt, aber sie gibt mir den Hörer in die Hand, und als ich mein Ohr an die Muschel presse, höre ich eine Stimme sagen (und hinterher weiß ich nicht, in welcher Sprache sie es sagt): Das betreffende Subjekt ist nicht mehr in Ihrer Wohnung, Bürger, dennoch danken wir Ihnen für Ihre Aussage. Bleiben Sie wachsam, Bürger!

Ich gebe De-zah den Hörer zurück und will mich hastig verabschieden.

Schwein gehabt, sagt De-zah, und ich zucke zusammen. Meint sie Gernold oder mich mit dieser lakonischen Bemerkung aus den Tagen, da ich sie beim Schularbeitenmachen am Tisch ihrer Mutter beobachten konnte. Sollte ich nicht bei Zi vorsprechen und mich mit ihm beraten?

Auf dem Gang stoße ich wieder auf Frau B. und will an ihr vorbei. Doch sie hat auf mich gewartet, und so muß ich langsam, ihres rheumatischen Knies wegen, mit ihr die Treppe hinuntergehen. Auf der Straße will sie mich noch ein Stück begleiten. Wissen Sie, flüstert sie und schaut mich mit ihren blauen, wäßrigen Augen eindringlich an, wer im Turm im Wald gefangen sitzt?

Ich verneine.

Der frühere Bürgermeister, sagt sie. Ist das nicht stark?

Ach, sage ich, da sind Sie nicht richtig informiert.

Im Turm sitzt der richtige General. Der im Gemeindehaus ist nur Attrappe. Sie werden schon sehen!

Frau B. schlägt sich auf den Mund und äugt zurück zum Gemeindehaus, wo ich den unbekannten Herrn K'uang hinter der Gardine vermute, auf uns herabsehend, wie auf zwei fremde Politiker, von denen er nicht weiß, ob er auf sie bauen kann.

Vor der Schule kann ich mich endlich von Frau B. verabschieden. Sie fragt nach den Kindern, ich nach ihren Enkelkindern, und dann will sie noch wissen, wie meiner Schulter die letzte Massage bekommen ist. Ich klage über neue Schmerzen, und sie bittet mich vorbeizukommen. Ich habe vergessen, mich nach dem Mann zu erkundigen, der sich bei ihr hatte einquartieren wollen. Wenn es Heiliger war, wird er keine Bedenken haben, mich aufzusuchen.

Am Abend steht ein Soldat mit umgehängter Maschinenpistole vor der Gartentür. Er wartet, daß ich ihn anspreche. Da übergibt er mir ein Schreiben, eine Art Neujahrskarte mit Glückssymbolen überzogen: Herrn K'uangs Einladung, mich morgen bei ihm einzufinden.

7. August

Ich kann Herrn K'uang nicht erkennen, er sitzt im Schatten. So gebe ich alles zu, um zu sehen, ob er mir dann sein Gesicht zeigt. Ich spiele ihm die Selbstkritik vor, die er von mir erwartet. Ich sei fürwahr immer ein Freund der neuen Ordnung gewesen, sage ich, aber dabei stets ein Einzelgänger geblieben, ohne Gruppen- oder Kollektivsinn. Kleinbürgerlich schwankend, dem Reich der Mitte, das uns den Frieden gebracht, zwar ergeben, doch die Bleischwere des Alten hafte mir zu sehr noch an den Füßen, ich müsse meine Gangart erst noch finden. Ich sei sicher, er könne diesen Prozeß des Übergangs vom Alten zum Neuen verstehen, und meiner theoretischen Ausbildung als Historiker verdanke ich immerhin soviel, zu wissen, daß niemand gegen den Strom der Zeiten schwimmen könne.

Da sagt Herr K'uang aus dem Schatten: Der Ostwind ist stärker als der Westwind.

Ja, so ist es, sage ich. Und mit dem Westwind kommen uns all diese Subjekte in den Ort, wie dieser Gernold, vormals ein bekannter Philosoph, der freilich niemals mein Gesinnungsfreund gewesen; seine Ansichten durchschauend wies ich ihm die Tür, nein – verbessere ich mich: ich zeigte ihn auf der Stelle an, doch verschwand er, ehe die Miliz eingreifen konnte.

Herr K'uang lacht gemütlich in seiner Ecke und dann sagt er: Manch einer ist schon im weiten Ozean des Volkskriegs ersoffen.

Und erst der Sportverein, sage ich, nicht daß ich meine Frau anschwärzen wolle, sie sei nur ein Mitläufer, eine Mitläuferin, aber die anderen. Anstatt mit Steinen zu üben, sollten sie sich in den Gedankengängen der Meister vom Senfkorngarten üben oder den Prinzen der Stille lesen.

Sie hoben den Felsbrocken nur auf, erwidert diesmal Herr K'uang, um sich damit selbst die Zehen zu zermalmen.

Die ihnen nicht mal Frau B. wieder kurieren

könnte, sage ich, und unversehens befinde ich mich in einer Landschaft aus Geröll und Felsbrocken und glaube, daß ich in Herrn K'uangs Folterkammer geraten bin, weil ich mich nicht genug bezichtigt habe. Da wache ich auf. Es ist früher Morgen, ein leichter Wind fächert die Vorhänge. Ich taste nach Li. Sie schläft. Nach einer Weile schlafe ich wieder ein.

Herr K'uang hat sein Büro unterm Dach. Im Treppenhaus begegne ich Zi, der schwere Aktenpakete auf zwei Händen balanciert und mich deshalb nur mit einem, wie mir scheint, zerstreuten Kopfnicken begrüßt. Ich muß zu K'uang, sage ich, und Zi erwidert: Kenne ich nicht.

Dann sitze ich in K'uangs Büro und schaue in das liebenswürdige Gesicht eines alten Herrn, der aussieht wie ein Koch, rund, irgendwie verschmitzt, ein Gourmet verborgener Freuden. Wie immer bei mir erzeugt Sympathie Bedenkenlosigkeit, und ich begrüße ihn wie einen alten, lang vermißten Bekannten. Er bedient sich ohne Umschweife seiner Sprache, was zweifellos eine ehrenvolle Auszeichnung für mich bedeutet. Nehmen Sie Thee? fragt Herr K'uang über seinen aufgeräumten Schreibtisch hinweg. Ich bejahe, und er schiebt mir eine weiße Tasse herüber, randvoll mit einem hellen Thee – von der Farbe gesunden Babyfleisches, wie der Philosoph der Vier Winde dies einmal bezeichnet hat.

Sie wollen mich sprechen, sagt Herr K'uang, und aus Höflichkeit erinnere ich ihn nicht daran, daß er es war, der mich sprechen wollte.

Gewiß ja, sage ich, es ist die allgemeine sowie meine persönliche Situation, was mich beunruhigt.

Der Ostwind ist stärker als der Westwind, sagt Herr K'uang und fährt fort: Die allgemeine Situation ist ausgezeichnet, das tiefe Vertrauen der Bewohner dieses Ortes in die Zukunft nimmt immer mehr zu. Nichts vermag sich dem Neuen in den Weg zu stellen.

So wird es sein, sage ich, wenn man den großen Überblick hat, aber der Mangel an Information ist so groß in diesen Monaten, daß nur Verwirrung in den Köpfen der Ortsbewohner herrscht.

Es sind Fehler gemacht worden, sie werden liquidiert, sagt Herr K'uang und gießt mehr Thee nach. Und es ist schon mancher im großen Ozean des Volkskriegs ersoffen.

Der Sportverein, gebe ich zu bedenken.

Mögen die Felsbrocken, die sie aufnahmen, ihnen selbst die Zehen zermalmen, sagt K'uang mit gemütlichem Lachen und bläst in seine Tasse.

Sie haben Freunde, sagt er nach einer Weile, erzählen Sie mir doch, welche davon Sie in der Zeit vor der Befreiung am häufigsten besuchten.

Ich beschränke mich auf Gernold und skizziere seine Eigenschaften und Meinungen.

Herr Gernold sitzt leider im Nachbarort, sagt K'uang bitter, von wo er gegen uns arbeiten wird.

Überrascht stelle ich ihm eine direkte Frage und entschuldige meine Dreistigkeit: Gibt es denn einen Nachbarort, frage ich, der nicht zum Reich der Mitte gehört?

K'uang wiegt den rasierten Kopf und scheint um

eine Antwort verlegen: So ist es, sagt er und ergänzt: Und so ist es nicht. Aber kommen wir doch, fährt er rasch fort, zum zweiten Teil Ihrer Probleme: Ihre persönlichen Verhältnisse, lieber Freund (lieber ›jüngerer Bruder‹ würde die korrekte Übersetzung seiner Worte lauten). Wir haben uns Gedanken gemacht. Schreiben Sie uns eine Chronik der neuen Verhältnisse. Sparen Sie nicht an Details über Ihre Freunde, auch Herr Remann interessiert uns. Und nicht zuletzt Ihr Gast, Herr Dr. Falk.

Ich wollte etwas erklären, doch K'uang hob beschwichtigend die Hand: Wir wissen, daß Sie ihn unangemeldet beherbergen. Nun, wir tolerieren es, wenn Sie einem jungen begabten Wissenschaftler Asyl gewähren.

Dann tut K'uang ein weiteres, um zu zeigen, daß er mir vertraut. Er zieht den Schreibtischkasten auf, entnimmt ein Bündel Papiere und sagt: Was Sie hier sehen, sind Lebensläufe, oder doch mehr Entwürfe, Prospekte Ihrer Zukunft, für Sie und einige Ihrer Freunde. Auch Planungen für den Ort insgesamt. Ich sähe es gern, Ihre Entwicklung käme der von uns geplanten – wie soll ich sagen: entgegen!

Ich feuchte mir den Mund mit Thee an und versuche, mich an Leitsätze meiner Selbstkritik zu erinnern, wie ich sie heute morgen im Traum vor mich hin gesprochen habe. Oder befinde ich mich jetzt im Traum, während ich ein Seminar im Kombinat für Wissenschaften verpasse, eine Verabredung vielleicht in einem Restaurant, wo ich über die Bücher der kommenden Saison mit einem Mädchen spreche, das Gedichte schreibt, und der Kellner uns gegrilltes Hühnerfleisch serviert?

Stürzen uns Träume nicht immerzu in eine bodenlose Zukunft? Wer ist dieser Herr K'uang, den Zi nicht kennen wollte und der lächelnd seinen Thee trinkt, auf einem Stuhl sitzt, den er vorgefunden, und der mit seinem Bleistift unsere Lebenslinie vorschreibt? Sage ich zu, würde nicht auffallen, daß ich oft bis in die Nacht in meinem Gartenpavillon sitze und an diesen Papieren arbeite.

Und Ihre materielle Lage, sagt K'uang, wollen wir sogleich verbessern. Zum Monatsersten beziehen Sie für sich und Ihre Familie die doppelte Zahl Sterngeld (er verwendet zu meinem Erstaunen den volkstümlichen Begriff für das eingeführte Münzgeld) sowie eine Sonderration Reis und Zucker.

Achthundert Ketti Gold! denke ich, und als ich sein Büro verlasse, bin ich in jener lächerlichen Hochstimmung wie nach einer Gehaltsaufbesserung. Das muß gefeiert werden, sage ich mir, ich muß mit Li und Falk darauf anstoßen. Aber womit? Vor dem Zimmer Li-wengs sitzt wie immer der Posten mit der quergelegten Maschinenpistole. Ich gehe zu ihm und flüstere ihm zu, ob er mir nicht eine Flasche Reisschnaps gegen meinen Vierfarbstift besorgen könne. Viele Soldaten, erzählt man, gehen auf derlei Tauschgeschäfte ein. Er schüttelt den Kopf, als habe er nicht verstanden. Ich wiederhole meine Frage in einem anderen Dialekt. Ohne Erfolg.

12.
Lebensabende und Übergänge

12. August
Remann-Zi ist erkrankt und wird von den Oberen und den Unteren umsorgt. Die Mächtigen schicken ihm ihre Ärzte, die Leute im Ort Blumen und was sie entbehren können. Frau Remann hat doppelte Arbeit: ihn zu pflegen und die Besucher zu empfangen, manche an der Gartenpforte, andere im Haus, und ganz wenige dürfen durch die Schlafzimmertür schauen, aufs Bett an der Wand, in welchem Zi liegt, abgezehrt von einem Magenkatarrh. Frau Remann hatte zunächst alle ihre Hausmittel an ihm ausprobiert, und als nichts half, die auch sonst nicht üppige Tagesmahlzeit auf Reisschleim reduziert. Zi, selbst ein kluger Diagnostiker, ließ sie gewähren, trank ohne Widerrede die Thees aus Salbei und Kamille, als sähe er sich selber zu. Seine alte Spottlust war herabgesetzt, fast hätte man meinen können, die Erkrankung verberge eine andere Krankheit. So schickte Li-weng ihm seine drei Ärzte, und da protestierte Zi, weil es die drei Veterinärmediziner waren, die vor Monaten die Pferde untersucht und zum Schlachten freigegeben hatten. Doch warum sollte ihre Kenntnis nicht so umfassend sein, daß sie die Krankheiten eines Pferdes von denen eines Gelehrten unterscheiden und heilen konnte. Wir hatten uns beeilt, an die gleiche Pforte zu kommen, als wir von den Kindern erfuhren, ein Wagen sei vor Zis

Garten vorgefahren, aus denen drei Personen ausstiegen. Falk und ich versprachen uns ein besonderes Vergnügen vom Anblick der drei dünnbärtigen Doktoren, wie sie ihren Bruder umstehen und abtasten und abhorchen und ihm umständliche, aber genaue Fragen stellen, um dann mit einer Urinprobe ans Fenster zu treten. Es war gewiß nicht Respektlosigkeit Zi gegenüber, daß wir bei einem solchen Schauspiel dabeisein wollten. Wir hatten nur Langeweile; selbst Falk war verdrossen in diesen Tagen, und nicht einmal die Vorstellung einer Botschaft des Mannes im Ch'an-na Turm konnte uns aufmuntern, in die Wälder zu gehen und zu suchen. Wir kamen zu spät bei Zi an. Li wollte nicht ohne ein Krankengeschenk mitkommen, und ehe sie etwas fand (ein Glas eingemachter Mohrrüben, wie man sie Kleinkindern bei Durchfall gibt: Und genau das braucht er, sagte sie), ehe sie also mit ihrem Glas aus dem Keller kam und es abstaubte, waren die drei Doktoren schon wieder auf dem Rückweg, vermutlich zu Li-weng, zur Berichterstattung. Kaum daß wir ihre Schatten noch auf dem schmalen Gartenweg gewahrten, wie sie an den stark riechenden Taxushecken vorbeihuschten. Wir warteten an der Pforte, bis sie einer hinter dem anderen herauskamen und sich von Frau Remann mit einer tiefen Verbeugung verabschiedeten, wobei der erste sich so tief neigte, daß der hinter ihm Stehende genügend Platz fand für seine Verbeugung und dieser es so einrichtete, daß auch der dritte sich bequem in seinem Rücken verbeugen konnte, ohne anzustoßen, wenn der zweite wieder hochkam, der seinerseits warten mußte, bis der erste aufrecht stand. Als sie dann uns an der Pforte erblickten, begannen sie abermals sich zu verbeugen (wir taten es auch), freilich in umgekehrter Reihenfolge, was alles ein wenig von der Routine von Akrobaten hatte. Als Frau Remann (die uns noch nicht sehen konnte) gewahrte, wie die drei sich abermals verbeugten, obschon sie sie nicht mehr sehen konnten, tat sie es auch, mit Blick auf die Haustür.

Wir fielen in ein unbändiges Gelächter, als wir uns den Vorfall im Krankenzimmer erzählten, und auch Zi lachte und war davon so matt, daß wir uns nach nebenan begaben, um ihm Erholung zu gönnen. Frau Zi, noch immer lachend, eilte in die Küche, einen Trank für ihn zu holen, als sein Lachen in einen Hustenanfall überging. Nur Li stand da mit ihrem Möhrenglas und fand das Ganze überhaupt nicht komisch, und ich dachte einmal mehr, daß eine Eheschließung von einem gemeinsam bestandenen Lachtest abhängen sollte.

Wie immer gab es Blumen in jeder Vase, indes am Krankenbett in einer Flasche nur eine Distel steckte, die ihr kaltes blaues Licht versprühte. Falk setzte sich achtlos in die Aushöhlung des alten Sofas. Ich nahm wie immer den Lehnstuhl und betrachtete Zis kosmische Landschaften, die aus der grauſleckigen Tapete hervorsahen. Markus mit dem Löwen, ein mit durchsichtigem farbigem Papier unterlegter Scherenschnitt, hing am Fenster, und während der Evangelist preisend ins Weite schaut (oder in den Garten), glotzt das Tier den Betrachter an. Mensch und Tier sind durch eine Rippe aus schwarzer Pappe verbunden, was Zi jedoch als Trennung der tierischen von der menschlich-geistigen Sphäre zu erklären pflegte.

Wie immer saßen wir gern in diesem Zimmer. Es schien die kühle Temperatur einer vergangenen Zeit bewahrt zu haben, und vielleicht wurden unsere Sinne nur vom vielen Glas getäuscht, das es hier zu sehen gab. Gläsern waren die Schranktüren, hinter Glas schimmerten die Landschaften, die Zi noch immer malte; Glas schützte die Schreibtischplatte des Sekretärs, darunter man in früherer Zeit Rezepte befreundeter Ärzte schob und die unbeantwortete Post. Auf dem Tisch lagen kleinere Glasplatten, auf denen sich Aschenbecher, Pfeifenbesteck und Blumenvasen befanden, darunter Familienfotos von Verstorbenen. Hinter Glas an der Wand das Bildnis eines Weisen; war es der Erlöser, so hätte man doch nicht sagen können, welcher Erlöser welcher Religion gemeint war. (Für Falk und mich ein Guru, eine Art Mann im Ch'an-na Turm.) Am Fenster ein Nähtisch, auf den Frau Remann die Fotografie eines jüngeren Mannes gestellt hatte. Wie ein verschollenes Relikt der kleine Kachelofen mit dem lang ausfahrenden, die Breite des Zimmers messenden schwarzen Rohr.

Nun kommt schon wieder rein, polterte Zi im Nebenzimmer. Frau Remann bat lächelnd hinein, in ihrer milden Art den Tonfall ihres Mannes entschuldigend, ein Dirigent in diesem Orchester, das nur aus einem Kontrabaß bestand. Schade, dachte ich, daß diese Frau nicht Politik macht am Ort, die feinen Spitzen in ihrer Konversation hätten sogar die Höflichkeit der Okkupanten überboten, ein Hauch Butterfly würde die heißesten Tage erträglich gemacht haben. Denn Frau Remann hatte einst die Madame Butterfly in einem Theater der Hauptstadt gesungen, und Publikum und Kritik hatten ihr zu Füßen gelegen. Seit Zi sie geheiratet hatte, schien dieses Leben vergessen zu sein. Kaum daß sie Li davon erzählte, die es ihrerseits nur wie ein Kinostück bestaunte, fern und unerreichbar und eigentlich ohne Bedeutung, wenn man wie Li, kaum daß man aufgehört hatte, ein junges Mädchen zu sein, allein mit Kindern, Ehe und Haushalt beschäftigt war. Frau Remann nahm ihr das Möhrenglas aus der Hand und lobte Lis ärmelloses langes Kleid. Auch ich sah Li bewundernd an und nahm mir vor, mit ihr zu schlafen, sobald die Kinder im Bett lägen und Falks abendliches Konzert vorüber wäre.

Wir setzten uns auf die Stühle, die vor dem Krankenbett aufgestellt waren. Sogar Li-weng sei in diesen Tagen zu einem Krankenbesuch gekommen, sagte Frau Remann und zeigte auf den Stuhl, auf dem er gesessen hatte. Falk und ich wetteiferten um die Ehre, auf diesem Stuhl zu sitzen.

Diese Brüder, sagte Zi leise und meinte die drei Veterinärärzte. Sehr feine alte Herren, sagte Frau Remann. Und so verschmitzt, kichernd hätten sie Remann den Puls gefühlt und sich nicht einigen können über die Zahl der Schläge.

Was haben sie dir gesagt? fragte Zi seine Frau.

Du sollst diesen Thee nehmen, sagte Frau Remann und ließ ihren Mann und uns an einer Tüte riechen.

Zi verzog das Gesicht. Dann zeigte sie ihm Lis Möhrenglas, und Zi sagte: Das ist genau richtig. Her damit.

Zis vertrautes Gesicht wirkte schlaff und abgemagert um Wangen und Kinn. Die Stirn höher, kantiger, die Ohren schauten groß aus den weißen Haarsträhnen. Er tat unsere Anteilnahme mit einer Handbewegung ab und erkundigte sich nach unserem Tun und Lassen. Falk schien verlegen, mit dem bettlägerigen Zi so sprechen zu müssen, daß er auf ihn herabsah, während er selbst steif auf dem Stuhl saß, die Arme angewinkelt, die Hände auf den Knien.

Wie die Amtsgeschäfte ohne ihn weitergingen, wollte ich wissen. Alles halb so schlimm, erwiderte Zi. Würde nicht der General die Krankheit seines Bürgermeisters zum Anlaß nehmen, ihn ganz und gar von den Amtsgeschäften zu entfernen – nachdem er Zis Popularität im Ort nur ausgenutzt hatte, die Verhältnisse unmittelbar nach dem Einmarsch zu stabilisieren?

Der General will Reis anbauen lassen, berichtete Zi. Alles nur noch eine Frage der Bewässerung. Aber klug, eine kluge Idee, wo sich dieses verrückte Klima ja zu halten scheint.

Zi und Falk vertieften sich in einige geologische Fragen, und wie schon oft, versuchte Zi den Jüngeren zu überreden, mit seinen Messungen anzufangen, die den Grundwassergehalt im Ort feststellen sollten. Falk wollte dem Kranken nichts abschlagen und versprach es. Ich rauchte die besondere Zigarettenmarke, die der General gebracht hatte. Li ging in die

Küche, Frau Remann zu helfen. Sie war ja hier so gut wie zu Hause. Als Kind hatte sie in Programmheften blättern dürfen und die Garderoben großer Rollen anprobiert. Frau Remann hatte sie im Singen und Sprechen unterrichtet, und Li hatte im kleinen Zimmer an der Treppe, in welchem Zi jetzt seine Bilder lagerte, ihre Rollen geübt. Als Li mündig war, nahm sie ein Zimmer in der Hauptstadt, vergaß, was sie gelernt hatte, und besuchte die Handelsschule.

Jetzt, wo die Frauen nicht hier sind, sagte Zi und stützte sich im Bett auf: In Zinsendorf scheint sich etwas Merkwürdiges abzuspielen. Auch dort sind die Kwan-yins einmarschiert, heißt es, aber offenbar herrschen dort andere Direktiven als bei uns. Denn ab sofort ist jede Verbindung mit dem Ort unterbrochen. Nicht einmal der General darf hinüber, und zu beiden Seiten des Sees liegen verstärkte Truppenkonzentrationen.

Vielleicht eine Seuche, sagte ich.

Na, da bin ich nicht sicher, sagte Zi. Da steckt mehr dahinter, aber was.

Ich dachte an K'uangs Bemerkung, daß sich Gernold im Nachbarort aufhalte, in feindlicher Absicht.

Noch eins, sagte Zi leise, der Mann im Ch'an-na Turm, an den ich ja soviel geglaubt habe wie an ein Gespenst, soll entkommen und Ortskommandant in Zinsendorf sein.

Falk lachte und meinte, das seien ja wohl Li-wengs Enten oder wer immer diese Gerüchte aufbringe.

Da kamen die Frauen aus der Küche, Li mit einem Teller Mohrrübenbrei, Frau Remann mit einem Theeaufguß aus den Kräutern der drei Medizinmänner. Wir ließen das Thema fallen, und Zi meinte, daß nun die westliche und östliche Medizin, tränke er den Thee und äße den Brei, in seinem Körper für einen gesunden Ausgleich sorgten.

Übrigens, sagte ich, Dr. Berger erzählt schon jetzt allen Leuten, daß er Silvester ein großes Feuerwerk starten werde.

Wenn wir bis dahin noch am Leben sind, sagte Zi, mag er.

15. August

Erholt, aber noch recht schwach saß Zi im Lehnstuhl und trank seinen Thee, in welchem er Opiate vermutete. Er hatte Falk und mich auf den Abend einladen lassen, und mit uns kamen der Musiker und Apothekersohn, und noch anderen Gästen zeigte Frau Remann den Weg durch die Taxushecken. Da die Plätze nicht reichten, öffnete man die Tür zum Schlafzimmer, wo noch die Stühle um das Bett standen, so daß die Gäste Platz nahmen wie auf einer Versammlung. Der ehemalige Besitzer eines Milchgeschäfts war gekommen, Herr S., ein hagerer Herr, der aussah, als hätte er sein Leben lang nur Magermilch getrunken; dann Zahnarzt W., ein kleiner freundlicher Herr, den alle kannten; neben ihm saß die frühere Gemeindesekretärin, eine dunkle Dame in einem schwarzen Kleid. Da und dort ein flüchtig bekanntes Gesicht. Gehörten wir alle zum eingeweihten Kreis des Meisters? War dies eine konspirative Versammlung, nachdem die Gerüchte über Zinsendorf zunahmen und der Mann im Ch'an-na Turm tatsächlich verschwunden war? Falk und ich waren gestern im Wald gewesen, wir hatten uns bis zum Turm durchgeschlagen, die letzten Meter im von Woche zu Woche dichter werdenden Unterholz. Die Eingangstür zum Turm hing lose in den Angeln, von keinem Posten mehr bewacht, die Fenster im Obergeschoß zerbrochen, das Mauerwerk, auf dem sich der hölzerne Turm erhebt, rissig. Waren dies die Folgen des Verfalls oder eines gewaltsamen Befreiungsversuchs? Eine Weile suchten wir noch im Gras und in den nahen Büschen nach einer letzten Botschaft des Gefangenen. Er mußte uns doch gesehen haben, sich Gedanken über uns gemacht haben, die wir mit den anderen Pilz- und Beerensammlern nicht zu verwechseln waren. Alles was wir fanden war eine Fahrkarte der Stadtbahn, gelb noch auf der Unterseite, mit verwischtem Aufdruck. Als wir sie gegen das Licht hielten, erkannten wir an den ausgestanzten Buchstaben Zi, daß die Karte in Zinsendorf gelocht worden war. Wir steckten sie ein. Vielleicht ließe sie sich eines Tages benutzen als Freischein ins Reich des nun entschwundenen Gotamo aus dem Grützturm.

Zi auf seinem Stuhl schloß ein wenig die Augen hinter der goldgerandeten Brille. Als völlige Ruhe eingetreten war, erzählte er uns die Fabel vom Drachenliebhaber, wie sie Shen Buhai im 4. Jahrhundert vor unserer Zeit aufgeschrieben hat.

Ein wenig, begann Zi, erinnert unsere Lage, meine Freunde, an den Drachenliebhaber Herrn Shi Zigao.

Der liebte die Drachen so sehr, daß er sein ganzes Haus damit schmückte. Drachen auf jeder Säule, an seinen Bettpfosten, auf Vasen und auf allen seinen Schriftrollen. Jeder nannte ihn nur Shi Zigao, den Drachenliebhaber. Als der Himmelsdrache davon hörte, steckte er eines Tages seinen Kopf in Herrn Zigaos Haus, und weil er so ungeheuer lang war, steckte er den Kopf zum Nordfenster hinein, während der Schwanz noch aus dem Südfenster hing. Darüber, heißt es, erschrak unser Herr Zigao zu Tode. Er hatte mit einem leibhaftigen Drachen nicht gerechnet. Er war eben kein echter Drachenliebhaber.

Unsicheres Schmunzeln und Räuspern bei den Gästen. Ich blickte zum Fenster ins dunkelgrüne Licht aus dem Garten. Auch hier wie überall im Ort stand alles hoch im Kraut. Mühsam saubergehaltene kleine Lichtungen schoben sich dazwischen, und im Schatten des Unkrauts wuchsen Salat und Küchenkräuter, und Zwiebeln schickten ihre Botschaften aufwärts.

Zi schluckte wieder ein wenig Thee, die Gäste wischten sich die nassen Stirnen trocken. Doch war es auch heute hier kühler als in anderen Wohnungen, so als habe die in Jahrzehnten geübte verborgene Lebensweise ihrer Bewohner ein eigenes Klima entwickelt, das sich als dauerhafter erwies als die Zumutungen des subtropischen Wettereinfalls in den gemäßigten Sandfluren dieser Landschaft, die, eingelagert zwischen den Wäldern im Westen, den Bergen im Süden und den Dünen im Norden, den Seen und

Wasserläufen im Osten, schon immer ein Land der Mitte gewesen war.

Einst hatte ein Preußenkönig aus dem Sand ein Weltreich zaubern wollen – und hatte es zu einigen Repräsentationsbauten gebracht; jetzt schien es auch damit ein Ende zu haben, und wir siedelten auf Remann-Zis metaphysischen Feldern. Konnte man Gernold Glauben schenken, zogen da oben noch immer die Weltraumgeschwader auf der Suche nach einem Rest Gefolgschaft und einem erkennbaren Gegner, indes Zi uns anhielt, uns selber zu öffnen und unserem inneren Menschen Gefolgschaft zu leisten.

Warum erzähle ich Ihnen das, meine Lieben, sagte Zi mit seiner von Krankheit geschwächten Stimme. Wir alle sind wie jener Drachenfreund aus dem Reich der Mitte – und Zi neigte sich ein wenig vor: Wir huldigen dem Geist, aber wir fürchten ihn, wenn er sich uns in seiner ganzen Allmacht zeigt. Nun ist es nicht schwer, dieses Gleichnis auf unsere Tage anzuwenden und im Drachen der Fabel die Sendboten aus dem Reich der Mitte zu erkennen. Nur – sind sie auch wirklich die Sendboten des Geistigen?

Hier horchte die Versammlung noch einmal auf, falls ihre Aufmerksamkeit sich noch steigern ließ. Denn es war das erste Mal, daß Zi einen Zweifel an den neuen Herren laut werden ließ. Herr S., der Milchhändler vergangener Wohlstandstage, schien von uns allen am meisten bestürzt. Man sah ihm an, daß er Autorität brauchte und sich das Geistige nicht im luftleeren Raum vorstellen konnte, bestenfalls als

Wolke, deren Form man nach eigener Fantasie bestimmen mochte. Und für die Löcher im Weltraum, in denen auch Zi weder Materie noch geistige Energie vermutete, konnte er, wie Falk später zu mir sagte, immerhin noch die Analogie der Löcher im Käse zu Hilfe nehmen. Was die alte Herrschaft bei ihrem, wenn auch diplomatisch gehandhabten Atheismus nicht sein konnte, mußte die neue Herrschaft nach den Gesetzen des Gegensatzes doch in absoluter Form sein – wie also konnte Zi einen solchen Verdacht haben?

Der Meister ließ uns Zeit, seine Worte zu bestaunen oder zu bedenken. Dann sprach er von Zinsendorf und einer Gruppe, die dort aus dem Reich der Mitte eingezogen sei, die reine Lehre zu verkünden.

Eine Weile hörte ich nur Zis Tonfall, das leise Ostinato seiner Worte. Ich dachte daran, daß sein Vater Superintendent gewesen war, vor einem Menschenalter, ein Mann, der Gott in seine Predigten zwang, ob er nun wollte oder nicht; ihn samstags auf den Schreibtisch forderte in strenger Ausschließlichkeit, um das Ergebnis dieses Ringens dann der Familie mitzuteilen, bevor er es von der Kanzel oder im Fernsehen verkündete. Remann glaubte, seinen Vater zu genau zu kennen, um ihm diesen Sieg abnehmen zu können. Er zweifelte, je älter er wurde, und dann versuchte er, mit seinem Vater in Konkurrenz zu treten, Gott zur gleichen Stunde in sein Mansardenzimmer zu zwingen, und er kam, und Remann schrieb nach seinem Diktat, während auch sein Vater das gleiche tat, und siehe, die Mitteilungen widersprachen einander. Entweder logen sie beide, Remanns Vater und Sohn, oder Gott war pluralistisch und gab jedem, was er wollte, konnte mit sich selbst spielen, mit der Linken zerstören, was er mit der Rechten aufgebaut, und Gut und Böse zugleich verantworten. Mit achtzehn entschied Remann Sohn, daß Gottvater eine Lüge war, und lief aus dem Haus. Er trat in ein Kavallerieregiment ein, zog in Kriege und entdeckte das Elend der Kreatur. Die Pferde, die er ritt, wurden von Kugeln zerfetzt und starben in Lachen aus Blut und Kot. Manchmal traf es den Reiter zusammen mit dem Tier, und ihrer beider Gebein und Fleisch vermengte sich und man scharrte ein, was übrigblieb. Wenn Gott seine Geschöpfe derart untergehen ließ, mußte der Mensch für sich und für alle Geschöpfe sorgen. Den Vatergott zu Grabe tragend, entdeckte Remann Gott in sich als Funken eines schöpferischen Geistes, der die Pyramide gebaut und Buddha erleuchtet hatte. Dieser Gott mußte aus der Finsternis der Gleichgültigkeit, des Abgestumpftseins herausgesprengt werden ans Licht, daß er sich mit dem Licht der Sonne vereinte. Einmal erkannt, war der Gott, war der Mensch in Gott unsterblich.

Aber der Mensch ist ein Mensch ist ein Mensch, sagte ich zu Zi (nicht an diesem Abend), und sein Erbteil ist Schwäche und sein Wunsch Ruhe, und eine Umlaufbahn von Geburt und Tod genügt ihm, und was dann kommt, sollte Vergessen sein.

Der Dämon der Bequemlichkeit, hatte Zi erwidert, der könnte Ihnen passen. Sich benehmen, wie man lustig ist, und dann auf die Seite drehen und vielleicht noch jemanden finden, der einen zudeckt. Nein, nein, mein Lieber: auch die geringste Tat, die wir in unserem Erdendasein begehen, zieht ihre Kreise, und diese Kreise sind längst nicht geschlossen, wenn wir aus dieser Welt in unsere eigentliche Heimat gehen.

Der Musikus, in seiner jugendlich spontanen Natur, hörte mit leuchtenden Augen zu. Seine schöne Stirn bewölkte sich, als Zi die neuen Herren zu relativieren begann. Gerade hatte Li-weng ihn mit Noten versorgt, und er hatte alle Hände voll zu tun, ein Orchester aufzubauen und das neue Klangmaterial einzustudieren. Sollte die Musik in Zinsendorf nun besser sein?

Flüchtig dachte ich an K'uangs Auftrag, ihm Bericht zu erstatten.

Der Dämon der Furcht, sagte Zi zu uns, und ein wenig wich jetzt die Spannung. Man rückte seinen Stuhl zurecht oder sich selbst und blickte auf seinen Nachbarn oder auf Frau Remann, die das Abbild völliger Selbstversunkenheit war. Der Dämon der Furcht soll uns nicht kleingläubig machen, sagte Zi im Halbdunkel des von Farnen und hohem Strauchwerk umstellten Hauses. Das Reich der Mitte bleibt unverrückbar in jeden von uns eingesenkt.

Das Dämonenthema schien allen vertraut. Die Dämonen verklammerten die sichtbare mit der unsichtbaren Welt. Jedem hockte sein Hausdämon gleichsam auf der Schulter. Zahnarzt W. schien dem Dämon der Ausdauer und der Überstunden zu huldigen. Herr S. dem des Pfennigs und der Autorität.

Hatte er nicht in seinem leeren Schaufenster zu Füßen der bunten Kuh aus Steingut ein Bildchen des Großen Denkers und Lenkers? Schützte ihn diese Anbetung vor Verfolgung, wenn er im Haus heimlich die Milch verkaufte, die ihm die Bauern brachten? Ich würde mich nach der Sitzung bei ihm erkundigen, ich brauchte Milch für meine Kinder, deren Gesundheitszustand uns in letzter Zeit Sorgen machte.

Falks Dämon: das war der Dämon des letzten Wortes, der scharf gerandeten Richtigkeit. Und er saß hier, weil er keine Art Unterweisung ausschlug, die seinen Widerspruchsgeist lebendig hielt. In letzter Zeit versorgte er uns immer mehr mit botanisch genauen Zeichnungen von Obstblüten und Früchten, ein botanisches Kompendium, das nur den einen Nachteil hatte, daß man seine Früchte nicht essen konnte.

Frau Remann? Der Dämon des guten Willens, der Willfährigkeit, der Duldsamkeit?

Ich selbst? Er selbst, dachte ich, mich grammatisch distanzierend: solange er die anderen beobachtete, konnte er von sich absehen. Was stand auf diese Sünde? War es eine des Hochmuts?

Unterwegs, nach Hause, sagte Falk, man müsse endlich in die Praxis ausweichen, dem Denken entkommen, sich Bewegung verschaffen. Er für seinen Teil gedenke die Einladung anzunehmen (die freilich noch aus der Zeit der alten Ordnung stammte), im Reich der Mitte eine Erdbebenwarte zu besichtigen. Doch auch er wußte nicht, wie man dahin gelangte.

16. August
Wie man hört, war auch Frau B. gestern nicht untätig. Sie hat ihrer kleinen Gemeinde, die sie ja beinah täglich in ihrem Wartezimmer beisammen hat, Wunderdinge über die neue Politik in Zinsendorf erzählt. Auch äße man dort zum obligatorischen Reis wieder Eier und Butter. Und Fleisch vom Schwein und Rind. Die Vorstellung von einer Umsiedlung hätte alle so belebt, daß sie am Ende wild durcheinandersangen.

Weniger ausgelassen ist indes Frau B.s Tochter, eine schöne und üppige Rothaarige, die in Lis Küche saß, als wir ankamen. In ihrer Not war sie halb angezogen über die Straße geeilt, auffällig die Brüste in der dünnen Bluse, und in der Küche saß sie, die Hände tief im Rock vergraben, mit der Gebärde der Hilflosigkeit. Sie erwartet das sechste Kind und ihr Mann schlägt sie.

13.
Singspiele

30. August
Hatte uns nicht Li-weng auf jenem Bankett im Berghotel, im beiläufigen Gespräch, vor allzuviel Musik gewarnt? Auch Zi neigte dazu, in der Musik einen Tummelplatz böser Geister zu sehen. Und nun will K'uang einen Mann wie Heiliger zum Musikalienmeister befördern. Weht denn, seitdem man uns aus Zinsendorf mit dröhnender Musik überm See bombardiert, ein neuer Wind aus dem Gemeindehaus? Am Morgen zu K'uang gerufen, traf ich Heiliger bei ihm, der zu seinen anderen Funktionen am Kombinat für Wissenschaften das Ressort Musik verwaltet hatte. Er saß bei K'uang im selben dunklen Anzug mit gestreifter Krawatte, den er auch im Kombinat trug, das dicke bebrillte Gesicht zu einer Zote verzogen, zu einer anzüglichen Wortverdrehung. K'uang stellte uns vor, so daß ich zögerte, Heiliger wie einen alten Bekannten zu begrüßen. Herr Heiliger wird das Kulturressort übernehmen, sagte K'uang, wobei er sich unserer Sprache mit Geläufigkeit bediente. Heiliger griente und hielt mir seine mit Ringen verzierte Hand hin. Ich machte ein ernstes Gesicht, als könnte ich meinen Respekt vor der Kultur allemal noch auf deren Verwalter übertragen.

Ja, sagte Heiliger und wischte mit einem Finger über seinen Ärmel, Gernold ist ja, wie du weißt, hinüber und ergo passé. Wir aber (Verbeugung zu K'uang) sind geblieben, was wir gewesen. Da beißt die Maus keinen Faden ab.

K'uang lächelte, als seien auch ihm unsere idiomatischen Wendungen geläufig. Vielleicht daß er's sich in seine Sprache übertrug: Da geht die Katze kein Risiko ein. Er bemühte sich um Theetassen, rügte freundlich, noch kein Stück Chronik von mir bekommen zu haben. Doch habe er einen neuen Auftrag. Heiliger nickte Zustimmung, er wußte schon alles. War Heiliger nicht damals in verhangenen Staatslimousinen herumgefahren, hatte Opern eingeweiht, Konzerte eröffnet, Preise verliehen und von neuer Musik gesprochen? Immer lebte er in Scheidung und wurde nie älter, ein zerknitterter Säugling mit zu großer Brille: so nannte man ihn hinter seinem Rücken. Heiß bei euch, sagte Heiliger und trank schwitzend den Thee, heiß, heiß, wiederholte er und klopfte sich die Takte eines Marsches aufs Knie.

Wir haben, sagte K'uang in seiner unaufdringlichen Freundlichkeit, beschlossen, das kulturelle Niveau im Ort etwas zu heben – er machte eine Handbewegung, als hebe er einen unsichtbaren Gegenstand – eine Oper, Sie verstehen, ein Gesamtkunstwerk, das andere, zur Zeit beschäftigungslose Künstler, anziehen wird.

Ich kannte keine Künstler im Ort. Oder wollte man sie aus Zinsendorf heranfahren?

Eine Oper, wiederholte Heiliger, gut gut, aber woher nehmen und nicht stehlen. Wo alles tot ist, bum bum.

Hatte sein Verstand gelitten? War auch er, mit Gernold, auf der Flucht durch die vereisten Stadtbezirke geirrt?

Sie, lieber junger Bruder, wandte sich K'uang weiter an mich, schreiben uns das Libretto, greifen Sie nur hinein ins volle Menschenleben Ihres Ortes, stellen Sie die Widersprüche dar, die Kleingläubigkeit mancher Bürger und die großartige Tatkraft eines Mannes wie Zi.

Also war der Alte nicht in Ungnade gefallen, dachte ich. Heiliger schnob durch die Nase, was aber nichts zu bedeuten hatte.

Sollten wir nicht mit dem Einfachsten anfangen, sagte Heiliger, nämlich mit einer neuen Hymne? Jeder sollte sie lernen, im Schlaf vor sich hin trällern können, die Kinder in der Schule wie die Arbeiter in den Betrieben, die Bauern auf den Äckern.

Ich gab zu bedenken, daß wir nur eine Schule im Ort hätten, und die sei noch immer geschlossen; Betriebe keine und Äcker voller Schachtelhalm und Mohnblumen, was vielleicht einen Malzirkel anregen könnte.

K'uang lächelte, wenn auch mit einer Falte auf der Stirn. Ein Streit über Prioritäten unter seinen Künstlern schien ihm das letzte zu sein, das er sich wünschen konnte. Deshalb war seine Vorstellung von einem Gesamtkunstwerk so schlecht nicht.

Eines kann das andere ergeben, sagte K'uang.

Meine ich ja, erwiderte Heiliger. Hier, übersetz mal, sagte er zu mir und reichte mir ein Blatt.

Laßt uns im Streit die Klügren sein, übertrug ich,

dem Reich der Mitte treu im Bruderbund ... Friede will ja jedes Kind, Friedenszeit du schöne Zeit.

Wunderbar, sagte Heiliger und notierte alles in schneller Schrift. Kaum daß die Zeile aufgeschrieben war, setzte er auch schon eine Reihe Noten und sang es uns vor.

Es reimt sich noch nicht, sagte ich, laß mich das in Ruhe übertragen, in einem Friedenslied ist jedes Wort kostbar.

Ach was, sagte Heiliger und wiederholte noch einmal die Grundmelodie. K'uang schien sich zu freuen, daß uns die neue Kunst so flink von der Hand ging. Er hob die Rechte, als wolle er dirigieren.

Na bitte, sagte der Komponist und machte sich an die Musik für den Refrain.

Diesmal mußte sich Heiliger mit einem offenen Militärfahrzeug begnügen. Aber er hatte sich den Anzug bügeln lassen. Ich begrüßte ihn im Treppenhaus der Schule, deren Türen und Fenster nun nach einem halben Jahr zum erstenmal geöffnet wurden. In der Aula warteten an die fünfzig Kinder, auch meine, die seit den frühen Morgenstunden vom Apothekersohn so eingestimmt worden waren, daß sie dann die neue Hymne in einer geradezu aufmunternden, ausgelassenen Weise vortrugen.

Der General und K'uang folgten, auch ein paar Offiziere (oder dem Aussehen nach höhere Chargen) und Beamte.

Unser Lehrer Zi, sagte Li-weng in seiner knappen Ansprache – und die Kinder dachten wohl nicht weiter nach über diesen, ihnen unbekannten Lehrer –, unser Lehrer Zi muß leider das Bett hüten. Wir wünschen ihm baldige Genesung.

Die Militärs rührten die Hände, die Kinder standen still. Dem Kalender nach war es fast in Ordnung, daß die Schule in diesen späten Augusttagen begann. Niemand hatte im letzten halben Jahr die Räume betreten oder aufgeräumt. Die Kreide war zu Pulver geworden, der Apothekersohn hatte lange nach einem Stück suchen müssen, das dem Druck der Hand widerstand; an die Fenster in der unteren Etage hatten sich das Farnkraut und andere unbekannte Gewächse herangeschoben. Der alte Bau aus unverputztem Ziegelstein glich einem englischen Rittergut aus dem Bilderbuch. In der Aula war es heiß und stickig. Bei unserem Eintritt flohen Eidechsen über die Dielen, als seien die Lehrmittel des Biologieunterrichts lebendig geworden. Ich hatte auf dem Weg in die Aula ein paar Klassentüren geöffnet. WIR LIEBEN DEN FRIEDEN hatten die letzten Schüler im Deutschunterricht an die Tafel geschrieben. Die Pflanzen in den Tontöpfen hatten auf den Fensterbrettern wilde Schößlinge getrieben, das angeschwollene Wurzelwerk hatte die Töpfe zersprengt, Blätterranken krochen über die Holztische und fanden in den Rissen und Schründen Halt und grünten, als hätte das tintenfleckige Holz sie ernähren können. Unerfreulich war der Anblick eines verwesten Tiers, einer Katze, wie ich am Schädel erkannte. Sie hatte dem Hausmeister gehört, der seit Beginn der neuen Zeit verschwunden war. Jemand, der ihn ersetzte, entschuldigte sich bei mir und öffnete alle Fenster, wobei einige der Blumentöpfe zu Boden fielen. Ich beruhigte den Mann, nicht die Behörde zu sein, und so verschloß er die Fenster wieder und verriegelte die Tür, daß der Gestank des toten Tiers nicht nach außen dringe.

Die Rede des Generals störten zwei Lehrer, die zu spät kamen. Die Kinder drehten sich nach ihnen um und schienen erst jetzt überzeugt davon, daß der Unterricht wieder begänne.

Sodann wollte K'uang ein paar Worte an uns richten und bat mich, seine Ansprache zu dolmetschen. Diesmal staunten die Kinder über die Vogellaute der unbekannten Sprache, aber keines lachte. Schon immer waren sie so erzogen worden, alles Unheimliche, Fremde als Besonderheit der Schule zu betrachten und das Vertraute, Sich-Wiederholende dem Elternhaus zu geben, so daß sie wie im Märchen täglich von einem Land ins andere und zurück wandern konnten, ohne sich dabei zu verlieren. Sie behielten auch jetzt ihre Verwunderung für sich. Über ihre vom Hunger blassen großäugigen Gesichter zog eine Röte, die aber auch vom Eifer übriggeblieben sein konnte, mit dem sie früh das Lied geübt hatten. Robert und Jessica schlugen die Augen nieder, da sie mich so in eins mit dem wunderbaren Mandarin zusammen stehen sahen.

Dann kam das neue Lied von den jungen Lippen, und auch die Eltern begriffen, daß, wenn nicht mit ihnen, so doch mit ihren Kindern etwas Unerwartetes vorgegangen sein mußte. Heiliger schien zufrieden mit den ersten Ansätzen seiner Kulturmission am Ort. Li-weng nickte im Takt und lächelte. Wie immer zeigte er keine Rangabzeichen, hatte die Manschette über der Armbanduhr geöffnet, und das verblichene grüne Hemd war zerknittert. Zog er es selten aus, weil ihn die Arbeit des Regierens bis in die späte Nacht am Schreibtisch hielt? Man müßte De-zah fragen; aber die zeigte sich heute nicht.

Zum Schluß durfte der Tradition gehuldigt werden. Das alte Volkslied vom Bauern, der im Märzen die Rößlein anspannt, fand offene Ohren: Die beiden Lehrer wischten sich übers Gesicht, als hätte die Sehnsucht nach grünen Saaten und frischem Märzwind ihnen die Augen naß gemacht. Die Rößlein des legendären Bauern gingen ja noch immer Monat für Monat zur Schlachtbank, um uns ernähren zu können.

Zufrieden, ihr Werk getan zu haben, liefen die Kinder lärmend durchs Schulhaus. Die beiden Lehrer breiteten die Arme aus, die Kinder einzufangen. Nein, es gab noch keinen neuen Stundenplan. K'uang reichte unserem Pianisten die Hand, der sich tief verbeugte.

31. August

Das Liedersingen und Musizieren in der Aula wurde wiederholt, zur Kerzenbeleuchtung (aus Armeebeständen) und im Beisein der Eltern. Heiliger ließ es sich nicht nehmen, auch diese Abende zu besuchen. Er flocht in seine kurzen Ansprachen die alten Witze, die augenzwinkernd immer nur die älteren Schülerinnen zu meinen schienen. Von der Pracht ihrer jungen Körper konnte ja Heiliger kein Auge nehmen. Es gab Kopfschütteln im Saal, aber schließlich fand man sich mit ihm ab wie mit einem schlechten Conférencier in der Hoffnung, daß die nächste Nummer erträglicher werde. Heiliger kündigte an einem dieser Abende das Auftreten eines Kulturensembles aus dem Reich der Mitte an, das in Begleitung eines Botschafters kommen würde. Ein Botschafter kommt! so lief die Parole durch den Ort, als sei damit etwas Außergewöhnliches angekündigt worden.

5. September
Auf dem Gemeindehaus liegt die nahe Ankunft des Botschafters wie eine schwere Last. Li-weng ist unerreichbar, heißt es, K'uang mit unbekanntem Ziel verreist – Zi noch immer krank. Wer erledigt die Amtsgeschäfte? De-zah eilt durch die Gänge des Hauses und tut unnahbar. Meine Versuche, sie nach Dienstschluß abzupassen, schlagen fehl, und so warte ich in der Dunkelheit, bis ein schwaches Licht die Fenster im oberen Stock erhellt, vermutlich für eine Nachtsitzung, bei der De-zah die Dienste einer Sekretärin versieht. Längst habe ich es aufgegeben, mich zu fragen, welche Dienste sie noch versieht, etwa im Bett des Generals. Es ist, als ob auch die erotischen Fantasien bei einem gleichmäßig langweiligen Leben einschlafen. Li-wengs regelmäßiger Flug mit dem Hubschrauber um die Mittagsstunde ins Berghotel fällt in diesen Tagen aus – und so fehlt uns eine der

Möglichkeiten, die Uhren zu regulieren. Frau B. will etwas von einer Ablösung des Generals wissen.

Die langen Sommerabende verbringen wir auf den Stufen zur Veranda. Falk und ich haben es aufgegeben, uns die Haare von Li schneiden zu lassen und die Bärte zu stutzen. Die Rasierklingen, die wir von Zi bekamen, haben wir gegen Brot und Zucker getauscht. So wächst uns das Kopf- und Barthaar ungezügelt wie im Garten die Pflanzen. Falk hat damit begonnen, eine Serie fantastischer Nachtschattengewächse zu zeichnen, die wir auf der Diele zu einer Ausstellung zusammenfassen. So kommen immer wieder Leute ins Haus, die sich dafür interessieren und deren Neugier dann doch von praktischen Dingen abgedrängt wird. Etwa von Disputen darüber, welche Blätter und Pflanzen eßbar sind und wie man sie am besten zubereitet. Wie immer, poltert Zi, geht der Masse die Kunst durch den Magen. Frau Remann machte ein Gesicht bei dieser Bemerkung ihres Mannes, als könne sie es verstehen.

Die Kinder dürfen so lange unseren Gesprächen zuhören, wie sie wollen. Vielleicht daß ihr Leben nur kurz ist, sie müssen einiges ohne die methodische Umständlichkeit der Schule rascher begreifen lernen.

14.
Falks Verhältnisse

12. September
Die Touristen, jene, die ahnungslos vom Wechsel der Zeiten im Berghotel überrascht worden waren, sind ausquartiert. Li-weng hatte sie nur noch in der obersten Etage geduldet; nun heißt es, er brauche auch diese Etage zum Empfang des Botschafters, seines Stabes und der Sängerinnen vom Kulturensemble. Zi vermutet dagegen, es sei die Furcht vor dem Häuflein Heimatloser, als könnte hier eine Zelle der Opposition genährt werden, ein Stoßtrupp ›Auf nach Zinsendorf‹ oder ähnliches. Zu unserer Überraschung darf nur der Chemiker Dr. Berger mit seiner Familie in der oberen Etage wohnen bleiben. Das bringt uns zum Lachen. Welche Läuse soll der noch dem General erfinden als Dank für das Hotelzimmer. Die Gemeinde hat inzwischen ganze Arbeit geleistet, den Ausgebürgerten die Adressen ihrer Wirtsleute genannt, die nicht gefragt worden sind – man wird sich arrangieren müssen; es sind meist Einzelpersonen, die nun zwangsweise einquartiert werden. Denn der Ausflug ins Berghotel hatte wohl auch den Charakter einer Heiratsvermittlung gehabt für die vielen ledigen Damen und unverheirateten Mädchen, die sich, falls sie etwas gefunden hatten, doch in der Enge des Hotels und der schlechten Aussichten für eine gemeinsame Zukunft wegen wieder von ihren Partnern getrennt hatten.

Besonders Falk ist nicht unzufrieden mit unserer Einquartierung. Es ist jenes weinende Mädchen aus dem nächtlichen Park, das wir nach dem Fest im Berghotel getroffen hatten. Sie scheint uns in allem das Gegenteil von Falk zu sein, erregbar, schüchtern, empfindlich. Li und ich schauen ihnen halb amüsiert zu, als könnten wir ihre Paarung nicht erwarten. Falk aber wiederholt die alten Fehler seines langen Junggesellendaseins: Er fordert unser Frl. Renate heraus, aber doch nur verbal, mit nahezu polemischen Sätzen zu Sachgebieten, für die unser Gast eine kleine Weile glaubhaftes Interesse aufbringen kann; bis auch bei ihr die Hoffnung erschöpft ist, Falk könnte seine erotischen Wünsche nur in der Eröffnungsphase mit Ansichten über Botanik, Musik, Malerei oder Philosophie drapiert haben. Es ist im Gegenteil Falks vertrackte Art, wenn er eine Frau ernst nahm, bei ihr die Interessengebiete eines Mannes zu vermuten. Ein Spiel der Mißverständnisse, das wir schon kannten und das uns auch diesmal amüsiert. Frl. Renate war Schreibkraft in einem Betrieb der Hauptstadt gewesen, und Falk überzeugte sie davon, daß es in seinem Betrieb war. Nach einer Weile hält sie es nicht für ausgeschlossen, und Falk gibt eine Episode nach der andern, um seine Behauptung zu festigen. Und auch wenn es vermutlich nicht stimmt, so war doch alles ganz genauso in Frl. Renates Betrieb wie in Falks sog. Anstalt.

Will Falk ihr von einem bestimmten Monat im vorigen Jahr erzählen, erinnert er sie an den alten Mann, der den Auftrag hatte, von allen Büroräumen die Türklinken abzumontieren – und oft mußte er sie absägen, weil der Rost der Jahrhunderte in den Schrauben und Scharnieren saß. Frl. Renate erinnert sich mit heftigem Kopfnicken an das schwere Geräusch, mit dem die Klinken zu Boden fielen, daß man jedesmal einen Schreck bekam, der ein wenig, wie sie sagt, zwischen Hals und Herz steckenblieb. Falk schaut auf die Stelle, wo man ihr Herz vermuten kann, und ich frage mich, ob Falk eine Vorliebe für bestimmte Frauen entwickelt hatte; diese ist eher eine Amazone, sportlich aber mager. Ein Busen voll Herz, würde Zi das genannt haben in einem Augenblick, da Frau Remann weghörte. Ob dann der Krieg ausbrach, noch ehe die Klinken montiert werden konnten, wie Falk behauptet, will Frl. Renate nicht erinnern, so daß wir doch meinen, sie habe in einem anderen Betrieb als Falk gearbeitet. Doch dann kommen sie wieder auf eine gemeinsame Erinnerung. Der Direktor, erzählt Falk und liefert wie immer eine vorzügliche Imitation, stimmlich wie gestisch, sei in eine Nervenklinik gekommen, da seine sinnlosen Spaziergänge auf den Korridoren immer häufiger von Ausrufen wie ›Die da oben!‹ begleitet waren, wobei er, wie Falk vormachte, die Arme zur Decke hob. Auf dem Höhepunkt seiner Verrücktheit habe er sich in ein Transparent gewikkelt, auf dem eine Parole geschrieben stand, deren Inhalt nie bekannt wurde, und die ... Und hier fiel Frl. Renate ins Wort: IHR DA OBEN WIR DA UNTEN ... sagte sie, so fing es an, aber was dann kam, weiß ich auch nicht.

Das hat niemand erfahren, bezeugte Falk, und so kam es in den Tagen nach dem Zwischenfall zu wilden Spekulationen.

Aber es war doch eine schöne Zeit, sagte Frl. Renate und bekam ihre großen traurigen Augen.

Man fand noch andere gemeinsame Erinnerungen, wie die an das Faktotum Max. Frl. Renate meinte, er habe anders geheißen, Willie oder Onkel Gustav. Wie auch immer, Max verdiente sich durch Botengänge in Falks Anstalt etwas dazu, ein Rentner, der sich wie viele nicht aufs Altenteil setzen lassen wollte.

Das Problem mit Max war, daß er allein lebte, erzählte Falk, und unser Gast nickte. Die Anstalt, wo man ihn herumschob und kommandierte, war für Max der einzige Ort, wo man zu ihm sprach. So kam er früh als erster, wärmte sich auf im Winter, machte die Runde durch alle Zimmer, notierte sich die Bestellungen, nahm das Geld und holte die Milchflaschen und Kaffeetassen für den Vormittag. Mittags aß er von dem, was in der Kantine übrigblieb, denn er hatte keinen Essenbon. Dann machte er wieder die Runde, und wenn ihm der Kuchen in der Kantine nicht gut genug war, lief er über die Straße zum Bäcker. Die Kollegen konnten sich auf Max verlassen. Das ging alles gut, erzählte Falk, bis die Bauarbeiter auftauchten, die bestellt worden waren, die Fassade der Anstalt zu renovieren. Sie erkannten von der ersten Minute an die Brauchbarkeit von Max und stellten ihn zum Bierholen ein. Von da an wurde Max kriminell, von sechs Flaschen unterschlug er eine, die er, kostenlos, seinen Favoriten in der Anstalt brachte.

Die Bauarbeiter ließen es eine Weile durchgehen, dann kam es zu Verhandlungen, in die sich der Direktor einschaltete, der zumindest die Ehre der Anstalt, die auch Maxens Ehre war, soweit rettete, daß er den Bauarbeitern das Benutzen der Anstaltstoilette verbot. Die Bauarbeiter hielten sich schadlos, indem sie an die Fassade pißten, die zu erneuern sie ja gekommen waren.

An all das konnte Frl. Renate sich gut erinnern, und Falk genoß ihre Bestätigung, als hätte sie einem Antrag von ihm zugestimmt. Im Hochgefühl der Übereinstimmung lud er sie zum Baden im See ein, und nach einigem Zögern schlug Frl. Renate den Badeanzug aus, den Li ihr bringen wollte. Sie hatte ja, damals, wie sie sagte, nur Winterzeug mitgenommen ins Berghotel. Und dann war der Winter ausgeblieben.

Ich erinnerte mich daran, wie Falk seiner Einberufung entgangen war, indem er ein Herzleiden simulierte. Mit Hilfe eines Medikaments und etwas blauer Tinte (er hatte sich zuvor aus medizinischen Fachbüchern kundig gemacht) hatte er ein Herzflattern erzeugen können sowie eine Bläue in den Fingerspitzen, die von der Tinte kam. Die Färbung war so fein und mit keiner Seife abzuwaschen, daß zwei Ärzte mit Ordensband und wohl mehr als einem Titel sich täuschen ließen, während eine muskelstrotzende entblößte Männlichkeit Falk anstarrte – diesen bebrillten hageren Intellektuellen, der doch eine sonnengebräunte Haut hatte und aussah wie ein guter Langstreckenläufer. Die Ärzte hatten Falks Hände in ihren

Händen gedreht und gewendet, als vergäben sie somit gemeinsam das Schicksal der Nation. Falk hatte nichts gegen die Nation, nur etwas gegen die Unterbrechung seiner Gewohnheiten.

20. September

Auch Falk bekam schließlich seine Einladung zu Herrn K'uang. Er war gestern im Gemeindehaus, trank den Thee für die bevorzugten Gäste aus einer weißen Porzellantasse, und K'uang lächelte ihn eine Weile milde an, als sei Falk ein Bildnis, von dessen vielbesungenen Qualitäten man sich überzeugen will. Falk lächelte zurück, ein scheinbar stummes, sympathisches Einvernehmen.

Sie sind noch immer herzkrank, Herr Dr. Falk? hatte K'uang schließlich gefragt, was Falk, ein spontaner Wahrheitsrufer, kategorisch verneinte – bis er sich darauf besann, daß er womöglich in eine Falle gelaufen war. So korrigierte er sich, sprach von der tonisierenden Wirkung des neuen Klimas seit Einzug der Kwan-yins, was K'uang zu einem Kopfnicken veranlaßte. Die Zigarette lehnte Falk ab.

K'uang schien nicht weiter neugierig auf Falks Verhältnisse, auf sein Tun und Lassen bei uns. Erst zum Schluß stellte sich heraus, daß er Falk auf das Kommen des Botschafters vorbereiten wollte; denn dieser habe unter anderem vor, sich vor allem mit der Intelligenz im Ort zu unterhalten. Auch Falk sei zu einem Gespräch unter vier Augen vorgesehen. Wer weiß, so raunte K'uang, möglicherweise gelte es einer Einladung ins Reich der Mitte. Dort könne man doch die großen Spezialkenntnisse geologischer und anderer Art erweitern und sich mit den Gelehrten des Landes über ihre Auffassung von Tektonik fachlich streiten.

Falk schien über diese Aussichten hocherfreut, ein Kind, dem man eine Reise verspricht zum Lohn dafür, daß es seine Aufgabe artig gelernt hat. Mit Grüßen an die Gastgeber, wie K'uang uns nannte, wurde Falk verabschiedet.

Da Falk uns am Abend davon berichtete, konnte Frl. Renate ihr ständiges: *Es ist alles so unheimlich* anbringen. Li, wie immer der Geist des Widerspruchs, redete es ihr aus. Beschäftigt wie sie ist, uns zu ernähren, hat Li wenig Zeit, sich Gedanken zu machen. Die Hitze setzt ihr besonders zu, ihr Gesicht zeigt immer mehr Spuren großer Erschöpfung.

Unheimlich ist alles: das ist durchaus die passende Formel für unser Leben. In der Glut verdampft langsam der See. Jeden Tag gibt er mehr Uferrand frei. Dennoch hört das Grün nicht auf, zu wuchern, wie künstlich am Leben gehalten. Die Angler kehren ohne Beute zurück.

Wenn der Botschafter kommt, ändert sich alles: das ist die Gegenparole.

Werden alle dem Botschafter Fragen stellen dürfen? So hieß es in diesen Tagen in einem Aushang am Gemeindehaus. Die Antwort ist positiv: Ja. Alle Bürger des Ortes werden dem Botschafter Fragen stellen dürfen.

Lustlos sitze ich im Pavillon in der Nordecke des Gartens und denke, im Auftrag K'uangs und Heiligers, über ein Singspiel nach. Ich könnte es KWAN-YIN nennen, der ein Gott des Friedens ist, und als Textgrundlage eine Episode aus Zis Leben nehmen, jene geheimnisvolle Reise des Meisters zu einem Welttreffen der Lebensretter in den Monaten vor dem Großen Krieg.

15.
Im Reich des Kristalls

25. September
Jene Reise im letzten Friedensjahr in ihren verschiedenen Aspekten darzustellen gehörte zu den Tröstungen des alternden Zi. Es war eine Reise über mehrere Grenzen zu einer beinah geheimgehaltenen Zusammenkunft, einer Verschwörung Gleichgesinnter aus aller Welt. Sie alle nannten das Reich der Mitte (wir haben uns an den Sprachgebrauch Zis gewöhnt) wohl eher das Reich des Kristalls. Vernunft, Klarheit des Denkens, aber auch eine weltfremde Abstraktheit waren in diesem Wort: Kristall. Ich erinnerte mich, daß Zi auf seinem Tisch zu Hause einen Bergkristall als Briefbeschwerer besaß. Auch seine Bilder, diese oft spontanen Kreationen eines ungelernten Malers, bevorzugten ja die Klarheit der Linie; keine Farbmischungen suggerierten unausgegorene Gefühle oder Leidenschaften, die nur zu diesseitig waren. Freilich: wer von uns bewegte sich schon auf diesen einsamen Pfaden, wenn nicht im Urlaub, und auch da nur augenblicksweise, da Himmel und Erde, vielleicht bei einem Spaziergang am Meer, die Zeit aufzuheben schienen und uns, durch einen Lichtspalt, ins Unnennbare Einlaß gewährten.

Falk und ich lächelten jedesmal, wenn wir an den Tagungsort dachten, das Engadin, in einem Land, das seit jeher eine Oase im Umfeld streitender Mächte gewesen war. Die Vorstellung, die Reinheit des

Kristalls habe etwas zu tun mit der Präzision der Uhren, die jenes Land herstellte, oder mit den Zinsen von Geheimkonten seiner Weltbürger, belustigte uns. Womöglich aber hatte die Wahl des Engadins als Tagungsort etwas zu tun mit dem letzten Wohnsitz jenes Meisters, dessen Fotografie Zi in seinem Wohnzimmer verwahrte und den wir immer für einen Verwandten gehalten hatten, da Zi niemals mehr über ihn verriet als seinen Namen, der nach einem Pseudonym klang. Allein Frau Remann machte hin und wieder auf ihn aufmerksam, als sei der Meister ständig zu Gast im Haus und helfe aus, wo er nur könne. Er hat geholfen, pflegte sie mit dankbarem Blick zur gerahmten Fotografie zu sagen, er ist bei uns.

Frau Remanns Ermahnungen vor Antritt jener Reise waren auch für Zi ein oft wiederholtes Thema, ein Spaß, zu unserer Unterhaltung gedacht. Denn als Zi mit allen Stempeln und Pässen versehen war, die Fragebogen ausgefüllt hatte und mit seinem Gepäck auf dem Bahnhofsperron stand, hatte ihn Frau Remann (die nicht mitfuhr) ermahnt, das wenige Reisegeld gut zu verwahren, sich unterwegs keinem anzuvertrauen, bestenfalls einer Dame vom Reisebüro (bei Ankunft in jenem Land), deren Freundlichkeit, wie Zi erzählte, so echt war wie ihre Zähne. Zi mußte es eine wahnsinnige Überwindung gekostet haben, unseren stillen Ort zu verlassen, in welchem er alles hatte, was er brauchte, um von einer Stunde auf die andere in eine Welt zu geraten, die den hemmungslosen Egoismus förderte, die Gewalt des Menschen über den Menschen als Naturgesetz ansah und die ihren Schritt nicht verlangsamen würde, wenn da ein alter Mann in einem Zug ausgeraubt oder erschlagen werden würde. So hofften auch wir auf eine Postkarte als Lebenszeichen.

Es verlief dann alles so einfach und ungefährlich wie der Gang vom Zugabteil in den Speisewagen, etwas unsicher der heftigen Beschleunigung wegen, die diese Züge an den Tag legten, als müßten sie etwas ausrichten gegen die Konkurrenz anderer Verkehrsmittel. In der ersten großen Stadt auf der anderen Seite erwartete ihn ein Vertreter der Tagung im Engadin. Alles war bestens organisiert worden, man stieg nach einer Pause mit Getränken und nach einem Händewaschen im Lavabo der Bahnhofstoilette (so sauber!) in den Engadiner Expreß und fuhr durch die Katastrophenwelt mitgeführter, aber ungelesener Magazine und Zeitschriften hinein in die andere Welt der Berge und somit in reinere, abgasfreie Zonen.

In der reinen Luft des Engadin, so erzählt Zi immer wieder, habe er den Lebensplunder von zu Hause, einer Existenz zwischen Garten und Wohnzimmer, vergessen, als sei er endlich heimgekehrt ins Fluidum des Äthers, der über den spiegelglatten Seen ins Hoch der Berge aufstieg. Wir, die wir jene Landschaften nur von den Bildern des Fernsehens kannten, hielten ihm entgegen, wie käuflich das alles sein mußte – oder noch immer ist; was wissen wir, wie es jenseits der Bannmeile aussieht. Wer, wenn nicht die Geldleute werden dort wohnen und ihren bürgerlichen, oft an fremden Kriegen verdienten Erfolg mit geläuterter

Menschlichkeit verwechseln. Frau Remann verwies auf Gastspiele in jener Gegend in sehr viel früherer Zeit. Doch in den Worten Zis findet sich, wie in seinen Bildern, nichts vom banalen Menschenwerk und von unseren Verdächtigungen. Gleichviel, heute sind uns seine Erinnerungen nur ein Zeitvertreib, so wie Falks Erinnerungen an seine Anstalt. Zi, der vermutlich zu den zwölf kleineren Meistern einer Loge gehört, hatte wohl auf der Tagung unseren Bezirk zu vertreten. Darüber hüllt er sich ja seit eh und je in Schweigen. Ob Zi damals beauftragt wurde, das einbrechende Reich der Mitte willkommen zu heißen und den Kwan-yins beizustehen, wissen wir nicht. Wir nehmen es an, denn jene Meister im Engadin wollten ja die Welt vor dem Untergang retten, der vereinigte Wille, wie Zi oft wiederholt hatte, ist stärker als die Machenschaften böser Interessen.

Doch wie immer, so hält ihm Falk vor, wenn Satzungen, Absichten, Vereinigungen und Tagungen Menschenfreundlichkeit organisieren, wird schnell Papier daraus, wird die bessere Absicht plötzlich empfindlich wie eine Mimose, zieht sich in sich zurück und verwelkt.

Zi hält ihm entgegen, die geistige Energie sei stärker als die stärkste Rakete. Und Li, praktisch und wie jede Frau zu spontanen Einsichten begabt, sagt: Aber wenn der General Politik machen muß, könnt ihr gar nichts dagegen ausrichten.

Zi geht lächelnd über diesen Frauen-Pragmatismus hinweg und schweigt.

Jene Tagung, entrückt ins Märchenhafte, leuchtet über Zeiten, Grenzen und Kriege bis in unsere Tage. Ein Schloß, schneeweiß die Mauern, der Blick in die Ebene reicht unendlich weit, ein fernes Glühen begleitet den Sonnenuntergang. Mir ist, als sähe ich die seltsamen Vögel, die dort fliegen und die vielleicht die fliegenden Wächter des Schloßherren waren oder Aufklärungsraketen fremder Mächte. Denn trotz aller Geheimhaltung, die Agenten der umliegenden Staaten werden ihre Abhörgeräte in die Ritzen des alten Gemäuers geschoben haben. Oder hatten sie ihre Sender auf dem Rücken von Eidechsen befestigt, die dort herumkrochen (falls es Eidechsen im Engadin gibt, was wir nie werden feststellen können) und die weiterfunkten, was die Tagung vermutlich beschloß: Keinen Widerstand gegen das Vorgehen einer dritten Macht und alle Arbeit darauf gerichtet, daß der Mensch sich seiner geistigen Fähigkeit, seines dritten Auges, bewußt werde.

Befragt, wer die Tagung geleitet habe, schüttelt Zi den Kopf: Das darf ich Ihnen nicht sagen.

Sollen wir uns einen Guru vorstellen, der als Inkarnation aller Weltreligionen erscheint? Ein Meister im weißen fließenden Kleid mit einem Hirtenstab in der Hand? Die Fotografie jenes Unbekannten im Wohnzimmer der Remanns erscheint vor unserem Auge, das stille Gesicht eines aufmerksamen Zuhörers, am Ende ein jüngerer Bruder unseres Meisters, mit dem er von Fall zu Fall die Rollen tauscht. Wie immer ist es gut, nicht nur die Verantwortung, auch die Hoffnung auf einen Dritten neben uns übertragen zu können. Am Ende hat Frau Remann recht, sie bekommt, was sie glaubt.

Und, so fragen wir Zi, gab es damals nicht eine ebenso geheime (und bekannte) Gegentagung, vielleicht in einem benachbarten Tal, auf der Baal den Vorsitz hatte? Eine Runde greiser Generäle, die noch einmal Krieg machen wollten, um sich zu verjüngen oder um Gott die Welt als Sandkasten für neue Spiele zurückzugeben?

16.
Der Botschafter kommt

10. Oktober

Wir hatten uns den Botschafter als lachenden Buddha vom Berge gedacht. Zumindest als einen abgeklärten Mann. Doch wozu dann die vielen Fähnchen und Wimpel im Ort, als käme da ein Politiker? Von der Gemeinde war seit Tagen der Appell an uns ergangen, jedes Fenster zu schmücken. An einige Haushaltungen in der Hauptstraße waren Schablonen verteilt worden, nach denen man ein Schriftsymbol herstellen konnte, das sowohl ›Glück‹ wie ›Langes Leben‹ oder ›Willkommen‹ und ›Vergiß uns nicht‹ bedeuten konnte. Das Symbol sollte aus farbigem Papier ausgeschnitten oder mit Farbe an die Scheiben gemalt werden. Man überließ diese Arbeit den einquartierten Touristen, die sich nützlich machen wollten. Da ihr Dialekt sie ja von den Ortsbewohnern auffällig trennte, schienen sie immerzu einen Schuldkomplex mit sich herumzutragen. Wir, die wir dem Orte abgekehrt am See wohnen, durften uns mit Fähnchen begnügen, die Frl. Renate an der Gartenpforte befestigt hat, wo sie bestenfalls aussehen wie Blüten des Willkommens in einem Meer gleichgültigen Unkrauts. Über zwei Etagen hatte die Gemeinde ein Porträt des Großen Denkers und Lenkers anbringen lassen. Seine überlebensgroßen Augen blickten gelassen herab auf die Straße, die der Botschafter nehmen muß. Über die Straße, von einem

Elektromast zum andern gespannt, hängt seit gestern ein Transparent: Der Ostwind ist stärker als der Westwind. Ein Spaßvogel hat einen kleinen Zettel an einem der Masten befestigt: Eier sind abzugeben – wer erinnert sich heute noch an Punkt vier jenes Dekrets, das Li-weng zu Beginn des Umschwungs verkündet hatte.

Der Ostwind ist stärker als der Westwind: Aber seit Tagen weht überhaupt kein Wind. Die Hitze lastet um so schwerer auf den Menschen. Kommt der Botschafter um die Mittagsstunde, wird man ihm die Ohnmächtigen aus dem Weg räumen müssen – falls wir, was noch nicht verfügt worden ist, Spalier stehen müssen. Eine bunte Reihe Lampions ziert die Hauptstraße. Techniker der Armee legen Kabel aus, die mit der einzigen Stromanlage im Ort, die sich im Gemeindehaus befindet, verbunden werden. Für einen Moment sehe ich De-zah am offenen Fenster, wie sie sich mit müder Bewegung die Haare kämmt.

Dabei ist der Ort durchaus freundlicher Stimmung, als müßte nun alles anders werden. An wenige Auserwählte, auch an uns, sind Eßstäbchen verteilt worden, samt einer Anleitung zu ihrer Benutzung, die ich übersetzt habe. Falk versucht, sich den Thee mit Hilfe der Stäbchen auf die Zunge zu tropfen, zur Belustigung der Kinder. Li, beraten durch Frl. Renate, stöbert in ihren Schränken und fragt sich, was sie zum Festbankett anziehen wird. Frau Remann hat ihr geraten, sich im Interesse des Ortes schön zu machen; der Botschafter soll ein Verehrer klassischer Frauenschönheit sein. So raten auch wir Li zu einem langen

Kleid, zum Faltenwurf der Erhabenheit, wie die Dichter vom Senfkorngarten das ausgedrückt hatten. Denn sie waren allesamt Ironiker, wie Falk boshaft ergänzt.

Auch die Kinder werden beim Empfang des Botschafters ihren Part zu spielen haben. Sie gehen seit Tagen in die Schule, wo der Apothekersohn ihnen ein Lied in der Landessprache des hohen Gastes beibringt; er selber ist mit Eifer dabei, die neue Sprache zu erlernen.

Nur ich habe meinen Auftrag nicht erfüllt, das Libretto zu einem Singspiel zu schreiben. Wird nicht, gebe ich zu bedenken, und hoffe, daß der Apothekersohn es Heiliger weitererzählt, und dieser K'uang, wird nicht des Singens kein Ende sein, wenn der Botschafter mit einem Kulturensemble anrückt?

Von Zi weiß man in diesen Tagen nur so viel, daß er das Gemeindehaus kaum noch verläßt. Zum Mittag des heutigen Tages hat er zu Hause ausrichten lassen, daß er auch die folgende Nacht im Gemeindehaus verbringen muß.

Am Nachmittag gehen Falk und ich zum Ortsausgang, ans Ende der Straße also, durch die der Botschafter einziehen wird. Dabei fällt uns auf, wie ungepflegt wir für einen derartigen Besuch aussehen, ungekämmt und bärtig, kaum gewaschen, die Hemden verschwitzt. Da wir am Laden des Ortsfriseurs vorbeikommen, der seit Tagen wieder arbeitet, schauen wir hinein. Der Laden ist überfüllt, und eine Wolke aus Duftwässern und säuerlichem Schweiß schlägt uns entgegen.

Noch ehe wir den Ausgang des Ortes erreicht haben, werden wir von Militärpatrouillen aufgehalten, Lastwagen und andere Fahrzeuge stehen quer zur Straße, mit den Hinterrädern im Sand. Man fordert uns mit einer Handbewegung zur Umkehr auf. Ich zeige meinen Ausweis, der, mit K'uangs Unterschrift versehen, mich zum Dolmetscher legitimiert; aber die Posten winken müde ab. So schlendern wir zurück bis zu einem Seitenweg, und da haben wir den Einfall, uns mit großem Kotau zu verbeugen, als käme der Wagen des Botschafters in diesem Augenblick aus der Seitenstraße angefahren. Sofort eilen die Posten zu uns und starren in die Richtung des Kotaus. Da ist nur eine alte Frau mit einer Ziege am Strick. Wir schlagen einen Feldweg ein, kommen aber nicht weit. Der Weg ist überwuchert von Disteln und dornigem Strauchwerk. Einmal mehr sprechen wir über das Schicksal jenes Gefangenen im Grützturm. Sitzt er wirklich im Gemeindehaus von Zinsendorf und plant vielleicht die Einnahme unseres Ortes? Würde es überhaupt einen Unterschied machen für uns, wer da seine Fahne aus den Fenstern des Gemeindehauses wehen läßt? So als hätten wir die Wahl zwischen einem grünen und einem gelben Apfel, sagt Falk. Es sei denn, er verbünde sich mit unserem Dr. Berger, sage ich, ein Giftmischer, der in früherer Zeit Nervengas hergestellt haben soll. Und wie so oft geraten wir in einen Streit über die Manipulierbarkeit der Naturwissenschaften. Aber Falk trennt auch diesmal den Mann von der Sache, nennt die Befähigung zum Forschen und Erfinden eine unabdingbare Seite des Menschlichen. Also wäre, entgegne ich, auch die Selbstvernichtung eine unabdingbare Seite des Menschlichen?

Wir streiten uns lustlos. Sollte doch Herr Dr. Berger in seinem Hotelzimmer ein Gift auskochen, das uns endgültig erledigt. Meine Apathie ist so groß geworden, daß ich mich nur noch beim Anblick einiger Kunstreproduktionen in alten Büchern beleben kann. Ich ordne in diesen Tagen meine Bibliothek nach neuen Ordnungsprinzipien, gruppiere die Bücher nach Jahrhunderten und nicht nach den Sprachen oder Autoren; und frage mich, ob Leute meines Schlages je etwas anderes getan haben.

11. Oktober

Unterdessen sind die Vorbereitungen zum Empfang des Botschafters im vollen Gange. Auffällig, wie oft Li-weng in seinem Militärwagen den Ort auf und ab fährt. Die Militärs in seiner Begleitung, junge Leute ohne Mützen mit kahlgeschorenen Schädeln, springen als erste ab, wenn der Wagen am Ortsausgang hält. Li-weng, »der Alte mit dem Bambushut«, steigt als letzter aus; seine Schritte sind langsamer, er wirkt betulicher, obschon er kaum älter ist als die anderen. Das einzige Rangabzeichen, das ihn unterscheidet, ist seine Mütze, die er ab und zu in den Nacken schiebt, um sich den Kopf zu kratzen. Ich vermisse K'uang. Aber K'uang, der alles wußte, wußte vermutlich schon in diesen Tagen, daß der Botschafter nicht diesen Weg nehmen würde.

So standen die Kwan-yins vergeblich am Ortsausgang und erwiderten die Grußbezeugungen ihrer Posten. Das Unheimliche am Erscheinen des Botschafters, käme er durch diese Straße in den Ort, wäre ja, daß er von jenseits der Sperrzone käme. Gab es dort ein normales Leben, das man uns verheimlichte? Sollten wir am Ende die Opfer eines Experiments sein, das zu mißlingen drohte? Wir vergaßen bei diesen Überlegungen, was uns Gernold und auch Heiliger berichtet hatten von den toten, vereisten oder verglühten Vororten der Hauptstadt.

Mit einmal nun heißt es seit den Vormittagsstunden, der Botschafter sei längst unter uns, auch wenn keiner seinen Einzug bemerkt habe. Ich erinnere mich, daß ich in der Frühe, als ich aufstand und auf den perlgrauen Schimmer überm See blickte, Fanfarenklänge gehört habe, denen ich weiter keine Bedeutung schenkte. Wie ich Stunden später aufstand, fand ich weder Li noch die Kinder im Haus. Die Fanfaren! fiel mir jetzt ein, ich mußte das Zeichen verschlafen haben, jene drei langgezogenen Klänge, die für Li und die Kinder die Aufforderung waren, zur Schule zu eilen, wo schon die anderen Kinder zum Chor formiert warteten, daß ihnen der Sohn des Apothekers das Zeichen zum Singen gäbe. Auch Falk hatte in den Morgen geschlafen, so daß wir nun im Stehen eine Schale Thee hinuntergossen, uns dabei zur Ruhe ermahnend, obschon auch wir aufgeregt waren und es eilig hatten, auf die Straße zu kommen. Der ganze Ort schien auf den Beinen, da wir die Hauptstraße erreichten und unschlüssig waren, ob wir nun stehenbleiben oder zur Schule gehen sollten, wo die Zeremonie sich länger ausdehnen würde als hier auf der Straße. Man hatte einige Ordner in die Menge geschickt, kenntlich an den roten Armbinden. Falk stieß mich an und wies nach oben. Über uns hing Dr. Berger aus dem Fenster eines Hauses, die Kamera im Anschlag; ein Rätsel, wo er die Filme her hatte. Wir lachten und versuchten uns durch Pfiffe bemerkbar zu machen. Ein Ordner eilte auf uns zu und schob uns ein Stück weiter. Als ich mich umdrehte, sah ich, daß es mein alter Fahrlehrer war; ich hielt ihm meinen Dolmetscherausweis hin, und womöglich hielt er das Papier für meine Fahrerlaubnis. Er fragte, einen Ton freundlicher, nach meinem Auto. Das Auto stand seit dem Umschwung der Zeiten in der Garage, es roch kaum noch nach Benzin, die WOLKE war verflogen, wie jenes Kürzel hieß, das der Fahrlehrer seinen Schülern beibrachte und das ich kaum noch auf die Langformel bringen konnte, mit der ein guter Schüler vor Antritt der Fahrt sein Vehikel zu prüfen hatte – Wasser, Öl, Luft . . . Eine Zeitlang hatten wir noch das batteriebetriebene Autoradio abgehört, aber schon in den ersten Tagen hatten alle Sender nur mit einem Rauschen geantwortet.

Der Botschafter, er lebe hoch! schrie jetzt eine Stimme über uns, die nur die Dr. Bergers sein konnte. Wir stimmten ein und hoben die Arme. Händeklatschen und das Murmeln vieler Münder. Wir hatten uns bis vors Schulportal geschoben und vernahmen die fremden Lieder, die der Apothekersohn so überzeugend mit den Kindern einstudiert hatte. Der Onkel Botschafter, wie Li-weng ihn einmal genannt hatte, würde zumindest von den Kindern den besten Eindruck mitnehmen. Und worin würden sich unsere Kinder von den Kindern in den Kindergärten und Schulen seiner fremden Heimat unterscheiden?

Der Botschafter kam: und wessen Einfall konnte das gewesen sein, er kam nicht in einer schwarzen Limousine, er stand nicht in einem Militärwagen, er ritt auf einem Esel, wie man einen solchen im Ort nie gesehen hatte. Unsere Überraschung war so groß, daß für Sekunden ein Schweigen wie ein Abgrund entstand. Dann klatschte alles in die Hände, aber in den Jubel schien sich eine unerklärliche Schadenfreude zu mischen. Das Tier trottete langsam, kaum gezügelt von seinem Reiter, an seinen Flanken Liweng und andere militärische Ehrenträger der Armee, angetan diesmal mit allen Orden und Spangen ihrer Laufbahn. Der Botschafter saß in unschöner Haltung, aber doch so, daß man nicht fürchten mußte, er würde mit den Füßen den Boden streifen oder die Balance verlieren. Er trug Sandalen, wie sie hier im Ort gebräuchlich waren, das übrige verhüllte ein schwarzes Gewand, kaum daß die Hände frei blieben, welche die Zügel mit krummen Handrücken locker hielten. Der Botschafter trug einen Ehering. Und sein Gesicht, ach! Es war ein mildes freundliches Gesicht, wir sahen es an und freuten uns. Und ich konnte erst wenig später diese Freude deuten. Er trug weder Hut noch Abzeichen, bis auf einen Stab in der Linken, der gleichermaßen Attribut des Reiters wie des Ehrenträgers sein konnte. Der Botschafter war grauhaarig, er hatte dichtes Haupthaar, das ihm gut gekämmt über den großen Ohren lag. Sein Gesicht war sehr gelb, gelber als die Gesichter der Militärs, die ihn begleiteten. Auf der Nase trug er eine kleine goldgerahmte Brille. Am Kinn hing ihm ein dünner, strähniger, sehr weißer Bart. Ein alter Mann also, das hatten wir erwartet, gütig anzusehen, ein Gesandter auf einem Tier, das Inbegriff der Geduld und des Starrsinns war, ein Onkel Botschafter, der zu seinen Kindern kam –; waren wir nicht alle vor dem großen Geist der fremden Nation wie unmündige Kinder?

Der Beifall kehrte wieder und die Hochrufe. Dr. Berger mußte wohl seinen Film abgeknipst haben, denn mit einmal stand er neben uns. Wir drängten uns mit den andern durch die Schulpforte, mit Mühe hatten die Ordner dem Reiter und seiner Begleitung eine Bresche schlagen können. In der Schule würde die große Ansprache, die Begrüßung des Ortes durch den Mann aus dem Reich der Mitte stattfinden.

Spätestens als ich den Botschafter vom Esel steigen sah, wußte ich, wer er war. Ich sagte Falk nichts von meiner Entdeckung, er sollte selbst drauf kommen, vielleicht daß man uns dann gemeinsam abführen würde, weil unser Gelächter die große Versammlung in der Schule stören würde. Ich sah noch einmal auf das dichte Silbergrau des im Nacken sauber abgeschnittenen Haars des Botschafters und auf die Füße in den Sandalen, die ein wenig unsicher die Stufen zum Eingang nahmen. Herr Dr. Berger drängte sich dicht heran, sein Apparat schoß wieder Bild auf Bild; spätestens auf den Fotos würde man klar erkennen, daß kein anderer als Zi die Rolle des Botschafters übernommen hatte. Dann verschwand der Chemiker in der Dunkelkammer des Schulkorridors. Wir folgten. Man hatte das Treppengeländer mit Blumen und Blattwerk verziert, so daß die Hand des Botschafters keinen rechten Halt fand, als er sich am Geländer festhalten wollte. Mit der linken Hand, die ja den Krummstab trug, versuchte er sein langes Gewand zu raffen, so daß man die Hosenbeine sehen konnte – Zis alte Gartenhose, die ihm vermutlich Frau Remann aufgedrängt hatte, weil es wohl die einzige strapazierfähige Hose im Haushalt war. Hatte ihn noch immer niemand erkannt?

Im Saal sah ich Li, konnte aber nicht zu ihr. Die Kinder hatten auf der Empore links vom Rednerpult Aufstellung genommen. Der Botschafter ging zu ihnen und verteilte aus einem kleinen Sack Bonbons. Dadurch entstand eine nicht vorhergesehene Pause im Protokoll; denn die Kinder schoben sich die Bonbons in den Mund und konnten so ihr Lied nicht singen. Der Apothekersohn am Flügel zeigte Nervosität, er öffnete und schloß die Hände und massierte sich die Handgelenke. Die Ehrengäste hatten in der ersten Reihe Platz genommen, Li-weng neben dem Botschafter, auch einige Lehrer, und zu meinem Erstaunen saß auch Frau B. in der ersten Reihe. Sie blickte so finster, daß kein Ordner es wagte, sie wegzuschicken.

Hatte ich geglaubt, mich in die hinterste Reihe verdrücken zu können, so zeigte sich bald mein Irrtum: Ein Ordner (ausgerechnet der Ortsfriseur in einem gelben Hemd mit dunkelblauer Krawatte) überbrachte mir den Auftrag des Generals, mich auf einen Platz in der ersten Reihe zu begeben. An Zi vorbei stolperte ich auf den freien Stuhl neben Liweng, der mir zuflüsterte, daß ich dolmetschend behilflich zu sein habe. Etwa für den Botschafter? fragte ich und vermied ein Augenzwinkern. Das sei nicht nötig, erwiderte der General, der beherrsche unsere Sprache. Und ob, dachte ich, bis in den Sperrmüll des Dialekts. Ich sah Zi von der Seite an. Aus der Nähe bemerkte man die Schminke und den aufgeklebten Bart.

Die Kinder schienen nun ihre Bonbons bewältigt zu haben, denn der Sohn des Apothekers gab ein Zeichen, und die Lieder, die wir schon auf der Straße gehört hatten, stiegen hier nun in voller Resonanz auf und rührten die Gemüter der Zuhörer. Ich drehte mich um und verwunderte mich, daß auch Li feuchte Augen bekam. Sodann erhob sich der General und schritt zum Rednerpult, und es wurde so still im Saal, daß man seine Stiefel knarren hören konnte. Ich folgte ihm, auf Abstand, und stellte mich seitlich von ihm auf. Sollte plötzlich sein Deutsch nicht ausreichen für eine knappe Ansprache? Aber heute galten wohl die besonderen Regeln des Protokolls. Erst jetzt entdeckte ich die Fotografie neben dem Bild des Großen Denkers und Lenkers, es war der Botschafter, und da ich das fotografierte Gesicht betrachtete, zweifelte ich einen Augenblick, in dem Botschafter wirklich Zi erkannt zu haben. Hatte vielleicht Dr. Berger ein so retuschiertes Foto geliefert, daß man den einen für den andern halten konnte?

Ich steckte eine Hand in die Hosentasche, mir war unbehaglich zumute, lange hatte ich nichts mehr gegen meinen Willen getan. Jetzt sollte ich Li-wengs Ansprache übersetzen und wußte nicht, ob ich überhaupt die Konzentration aufbrächte, mir seine Sätze zu merken. Ich ließ dem General einen Vorsprung, und dann hörte ich mich in seinem Namen reden: Hochverehrter älterer Bruder, der du in unserer Mitte weilst undsoweiter undsoweiter ...

Die erste Reihe, auch der Botschafter, applaudierte. Wie ein Echo kam der Applaus von der letzten Reihe zurück (wo Falk und Dr. Berger saßen) und steckte allmählich auch die anderen Reihen an.

Zwei Momente aus der Rede Li-wengs schienen mir wesentlich. Einmal erwähnte er die Reaktion in Zinsendorf, die dort frech ihr Haupt erhebe. Aber der Stein, sagte der Alte mit dem Bambushut, den sie aufgehoben haben, wird ihnen die Zehen zermalmen. Ich übersetzte unkorrekt: soll ihnen die Zehen zermalmen. Li-weng stutzte und sah rügend zur Seite, nickte aber dann und schien zufrieden. Am Schluß sagte Li-weng, und ich will auch das hier aufschreiben: Wir bedauern, an diesem heutigen Festtag nicht unseren geliebten Freund und Vorkämpfer, den großen Sohn des Ortes, Herrn Remann, begrüßen zu können. Leider hat ihn schwere Erkrankung gehindert, bei uns zu sein. Ich wünsche ihm im Namen der hier Anwesenden baldige Genesung (starker Beifall). Jetzt erst fiel mir ein, daß ich Frau Remann nicht gesehen hatte. Vielleicht hatte man sie unter Hausarrest gestellt, damit sie nichts ausplaudern konnte.

Zis Rede in seiner Rolle als Botschafter wurde auf Tonband mitgeschnitten. Ein Nachrichtenwagen der Armee, wie wir später sahen, war vorgefahren, und da Zi ans Rednerpult trat, glühte ein rotes Lämpchen am Mikrofon auf.

Der Botschafter verneigte sich vor den Kindern, dann vor Li-weng, dann vor den Gästen im Saal. Wer wollte jetzt noch daran zweifeln, daß es Zis Stimme war, wenn auch gepreßt, stockend, zuweilen mit Mühe artikulierend. Bei einzelnen Konsonanten schien die Zunge anzustoßen, besonders beim Buchstaben R. Spannung herrschte im Saal, eine lautlose Aufmerksamkeit, jeder glaubte das Geheimnis durchschaut zu haben, keiner aber fand den Mut, es seinem Nachbarn mitzuteilen. Und warum sollte dieser Botschafter nicht Ähnlichkeit mit Remann haben, schienen einige zu denken, der doch auch eine Art Weiser war, vom Geheimnis umgeben und von Anfang an bereit, die Rätsel der neuen Zeit zu verkünden und zu deuten. Allein Frau B. konnte ihre Überraschung nicht zurückhalten, sie ballte ihre Rechte zur Faust und schlug sie mit trockenem Geräusch mehrmals in ihre Linke. Zi sagte unter anderem:

Der Weg zu Ihnen, meine Freunde, aus dem Reich der Mitte kommend, ist weit, sehr weit. Es sind Wüsten dazwischen, hohe Berge, zuweilen auch Oasen, die zum Verweilen und Vergessen einladen –; wir (wen meinte er mit diesem Plural?) haben in Höhlen übernachtet und fühlten uns lange geborgen wie im Mutterschoß. Doch liegt das alles nun weit zurück. Hier bei Ihnen ist alles noch Endzeit, und für das

Neue gibt es kaum Worte, und selbst die Gefühle sind unklar. Ich kann deshalb auch nur in Andeutungen zu Ihnen sprechen. Eines aber wird jeder verstehen: das Reich der Mitte wird nicht mit Furcht, kleinlichem Egoismus, Besitzgier gewonnen. Zuvor muß Vertrauen sein, Liebe. Nein, ich verbessere mich: zuallererst muß die Leere des Herzens sein, das reine Feld, das blanke Tischtuch, auf das wir dann die Gaben des Neuen aufbauen können ... Und Geduld, meine Freunde, daß das Weiche das Harte besiegt, das fließende Wasser den sperrenden Stein ... Li-weng verzog keine Miene. Ich konnte mir kaum denken, daß der General ihm die Freiheit der Rede zugebilligt hatte, nur weil Zi bereit gewesen war, Maske und Gewand des Botschafters anzulegen. Gab es einen echten Botschafter, wo war er geblieben?

Zi fuhr in seiner Rede fort und teilte etwas wie einen Auftrag an den Ort mit: Freunde, legt ab die Gleichgültigkeit, so als sei euer Leben schon verwirkt. Macht die Äcker wieder urbar, rodet das Unkraut, Reis und Mais werden im neuen Klima gut gedeihen. Aber blickt auch in die Gewässer, die ein Auge sind des Himmelsdrachens, in den letzten Monaten blickt es trüb und trüber. Es droht Vergiftung, es droht eine Hungersnot! (Li-weng räusperte sich hörbar, und auch im Saal entstand Unruhe.) Bewahret den Leib, der ein Gefäß ist des Geistes, von dem wir jeder ein Teil sind ...

Das war nun unverkennbar der alte Zi. Die Leute im Saal hatten ein Wunder erwartet, Erlösung durch

Verkündigung doppelter Fleischrationen, durch ein Ende der Besatzung oder durch einen Wetterbericht, der für morgen Regen und Abkühlung versprach. In diesem Augenblick aber zeigte Zi, daß er in den Monaten im Gemeindehaus etwas gelernt hatte. Er beruhigte seine Zuhörer mit einem Versprechen. In den nächsten Tagen, sagte er und seine Stimme klang jetzt sicher und nicht ohne einen Anflug von Dialekt, in den nächsten Tagen, das kann ich mit Sicherheit versprechen, wird ein Zug mit Lebensmitteln eintreffen, eine besondere Spende aus dem Reich der Mitte für unseren Ort. Denn, ich weiß ja, wie es in Ihrem Lande heißt: Essen und Trinken hält Leib und Seele zusammen!

Einige lachten, dann brach ungestümer Beifall los, der sich erst legte, als der General sich umdrehte und einige Ordner, die an den Wänden standen, herbeieilten.

Mit allgemeinen Glück- und Segenswünschen trat der Magier aus dem Reich der Mitte vom Rednerpult, sichtlich erschöpft. Zwei jüngere Soldaten stützten ihn, was durchaus mehr als eine symbolische Geste war.

Wieder sangen die Kinder, froh, sich im Singen etwas Bewegung verschaffen zu können. Mit allgemeinen Hochrufen, in denen Dr. Bergers Stimme dominierte, schloß die Versammlung. Einer der Ordner, ich glaube, es war der Friseur, gab bekannt, der Herr Botschafter werde in einem Klassenzimmer noch eine Audienz für diejenigen geben, die mit Wünschen oder Beschwerden zu ihm kommen wollen. Ich fragte mich, wie Zi den Tag durchstehen wollte, der ja erst am späten Abend mit einem Essen im Berghotel zu Ende gehen würde.

Die Audienz wurde in einem leergeräumten Klassenzimmer gewährt. An der Tafel stand noch immer der Satz in halb ausgewischten Kreidebuchstaben: WIR LIEBEN DEN FRIEDEN. Der Botschafter saß hinter einem kleinen Tisch auf einem Stuhl. Er rührte Zucker in ein Glas Thee und überließ es den Ordnern an der Tür, den Andrang der Bittsteller zu regeln. In seiner Nähe saßen zwei Schreiber, den Schreibblock auf den Knien. Zum zweiten Mal an diesem Tag mußte ich Dienst tun und den Schreibern übersetzen, was gefragt, was geantwortet wurde. Falk, der als einer der ersten um Einlaß gebeten hatte, wurde abgewiesen. Die Ehrengäste des Banketts am Abend konnten ihre Fragen im Berghotel stellen. In dem Augenblick, da wir noch allein waren und Zi seinen Thee trank, nickte er mir zu und gab sich mit dem Satz zu erkennen: Das olle Klebezeug juckt, und er rieb sich den angeklebten dünnen Bart. Aus der Nähe konnte ich sehen, daß ein Maskenbildner mit Tusche und Farbstift auf seinem Gesicht gearbeitet hatte. Die Augenbrauen waren geschwärzt worden, während auf beiden Wangen eine rosa Schicht lag.

Die Schreiber schauten unbeteiligt aus dem Fenster. Sie hatten gut gespitzte Bleistifte parat; die Zigaretten, die ich ihnen anbot, lehnten sie ab.

Als erste eingelassen wurde ein Schneiderehepaar, jüngere Leute. Sie eine dunkle Schönheit mit trägen

Bewegungen, er mit gewelltem Haar und langen Koteletten.

Wir sind in Schwierigkeiten, Herr Botschafter, sagte er, keine Kundschaft, die Leute begnügen sich alle mit Hemd und Hose, und ausgehen tut auch keiner, weil man nicht weiß, wohin. Könnte man nicht eine Pflichtgarderobe einführen für die Festtage oder für die gesetzlichen Feiertage, oder ... Er sah hilfesuchend seine Frau an. Die aber war vertieft in den Anblick von Zis schwarzem Gewand, das aus einem Stück gearbeitet schien.

Kreieren Sie selber eine Mode, junger Freund, erwiderte Zi, schneidern Sie Jacken und Kostüme wie der da –: Zi wies zur Wand auf das Foto des Großen Denkers und Lenkers, das man vermutlich für die Dauer der Audienz hingehängt hatte. Tragen Sie es selbst, fuhr Zi fort, allmählich kommen die Leute auf den Geschmack und laufen Ihnen die Bude ein.

Jeder konnte nun hören, daß sich Zi keine Mühe mehr gab, seine Sprache mit künstlichen Schwierigkeiten zu verfremden. Er sprach freiweg, als säße er zu Hause in seinem Lehnstuhl und müsse den Leuten etwas gegen Durchfall oder Migräne verordnen. Die Schneiderin schien zu erwachen bei dem Wort Bude, ihre Wimpern bewegten sich ein paarmal erschrokken auf und ab, doch Zi entließ das Paar mit einer Handbewegung, die weitere Fragen ausschloß.

Es war, als hätten sich alle Kleingewerbetreibenden des Ortes verabredet, um vor Zi zu klagen. Denn es kamen Bäcker, Fleischer, Gastwirt, für die der Botschafter ein Wort des Trostes fand; nur dem Holz-

und Kohlenhändler konnte er keinen neuen Winter versprechen.

Da er den Mann gut kannte, der ihn in früheren Jahren reichlich beliefert hatte, gab er ihm die Hand zur Begrüßung, wobei er sagte: Nee, mein Lieber, Schnee kommt nicht, sattelns mal um auf Eismann.

Ach, Herr Botschafter Remann, sagte der Kohlenhändler, man möchte ja gerne, aber ohne elektrischen Strom?

Das wird geregelt, erwiderte Zi und gab mir Anweisung, den beiden Schreibern einen entsprechenden Antrag auf Beteiligung des Kohlenhändlers H. am Gemeindestrom zu diktieren.

Endlich kam, wie ich befürchtet hatte, Frau B. Sie ächzte etwas, da sie vor Zi stand, und verlangte dann einen Stuhl. Einer der Schreiber brachte ihr einen Hocker, den sie so nahe wie möglich an Zis Tisch heranrückte, ehe sie Platz nahm. Dann flüsterte sie ihm zu, daß ich mich vorbeugen mußte, um meines Übersetzeramtes walten zu können: Alles Schwindel. Hab Sie längst durchschaut und erkannt. Wir machen hier die Dummen für Sie, Herr Remann. Aber ich nicht, ich nicht, kann ich Ihnen sagen. Ich geh sowieso bald nach Zinsendorf. (Den letzten Satz übersetze ich nicht.) Und ich will Ihnen noch was sagen: Ihr Kollege, ich meine der richtige Botschafter ausm Reich der Mitte, wollen Sie wissen, wo der angekommen ist: ist doch klar, in Zinsendorf, wo alles Rechtens ist.

Zi sah sie angewidert an. Er hatte sie schon früher für seine Widersacherin im Ort gehalten. Für eine

Quacksalberin, die in seine medizinischen Kenntnisse pfuschte.

Alles ist Schein, sagte er vieldeutig. Gehen Sie nur rüber, in Zinsendorf wird auch mit Wasser gekocht. Bloß (und jetzt flüsterte auch Zi) in Zinsendorf haben die Leute weniger Fußbeschwerden, weil alle Autos wieder fahren.

Was Sie nicht sagen! fauchte Frau B. und ging, nachdem sie mir bedeutungsschwer zugenickt hatte, erhobenen Hauptes an den Ordnern vorbei zur Tür.

Da niemand mehr kam, stellte auch ich eine Frage: Ich selbst als jüngerer Bruder des älteren Bruders erlaube mir, den Herrn Botschafter zu fragen: Wie lange wird es dauern, bis man mich auf jene Reise schicken wird, eine Mission im Auftrag des Ortes, von der unlängst auf dem Gemeindeamt zwischen dem General und dem Gelehrten Zi die Rede war?

Ach, lassen Sie doch die Späße, erwiderte Zi. Hier kommt keiner mehr raus. Die machen den Laden sowieso bald dicht, verlassen Sie sich drauf. Die Invasion war eine Fehlplanung, man wird im Reich der Mitte die Weichen neu stellen müssen. Jetzt hängt alles davon ab, ob man Zinsendorf angreift, falls wir die nächsten Wochen überleben.

Und jener Mann im Ch'an-na Turm?

Ist längst über alle Berge, um Bericht zu erstatten.

In wessen Auftrag, wollte ich fragen, aber da mischten sich die Schreiber ein, und ich mußte beteuern, den Herrn Botschafter lediglich nach seinem persönlichen Wohlbefinden gefragt zu haben. Zi holte eine Handvoll Bonbons aus seinem Gewand hervor und verteilte sie. Auch die Schreiber griffen zu.

Und merken Sie sich noch eins, sagte Zi, die Wahrheit ... Aber da trat Li-weng ins Zimmer, schritt geradewegs auf den Alten zu und deutete eine Umarmung an: Was Sie jetzt brauchen, verehrter Meister, sagte er, ist Ruhe. Lassen Sie mich dafür sorgen. Ich fliege Sie ins Berghotel, wo Sie sich entspannen können. Er winkte auch mir zu, ihm zu folgen. Auf den Gängen hatten die Besucher sich verlaufen, auch Falk, Li und die Kinder waren längst nach Hause gegangen. Wir folgten dem General auf den Schulhof, in den Glaskasten seines Hubschraubers. Wir schnallten uns auf unsere Plätze und sahen zu, wie Li-weng an den Geräten hantierte. Er flog selbst, und es schien ihm Freude zu machen. So verließ der Botschafter, der auf einem Esel gekommen war, den Ort durch die Luft. Kaum waren wir über dem Schulhof, als der Ort unter uns schon vom Grün verschluckt wurde.

17. Die Speisung

12. Oktober

Hilfe, die Remann-Zi in seiner Rolle als Botschafter versprochen hatte, traf einen Tag nach seinem Besuch ein. Es war gegen vier Uhr nachmittags Ortszeit, die sich ja, wie schon erwähnt, aus einer mittleren Zeit verschiedener Uhren ergab, als ein Lautsprecherwagen durch den Ort fuhr. Es war Zis Stimme vom Tonband, die uns verkündete, es werde um fünf Uhr vor dem Gemeindehaus eine öffentliche Speisung stattfinden, zu der jeder Löffel und Kochgeschirr (Zi verwendete tatsächlich diesen Begriff aus vergangenen Kriegen) mitzubringen habe. Die Einwohner, auch wir, Li und die Kinder und Frl. Renate (mit Ausnahme Falks, der vom gestrigen Bankett zu unserer Beunruhigung noch nicht zurückgekehrt war), wir alle machten uns lange vor fünf Uhr auf den Weg. Die Kinder trugen die Löffel, mit Jubel, wir hatten die tiefen Teller ausgesucht, die Li in eine Einkaufstasche packte. Wir waren fast die letzten und reihten uns in die Schlange ein. Zwei Soldaten teilten aus und schöpften aus großen Kübeln, die auf den Planken standen, auf denen früher die Milchkannen der Bauern abgestellt wurden, damit Lastwagen sie noch vor Tag in die Stadt fuhren. Es gab Reis mit einer Einlage aus Büchsenfleisch, Rind oder Schwein, das sich zu salzigen Fäden aufgelöst hatte, die in der Brühe schwammen. Die Einwohner, die sich um die

Soldaten geschart hatten, ihre Teller und Löffel hochhaltend, fanden rasch zur gewohnten Disziplin und bildeten eine geordnete Reihe. Zu unserm Erstaunen war es Frau B., die auf ihren kurzen geschwollenen Beinen die Reihe ablief und die Leute zur Disziplin ermahnte, wobei sie etwas von der Würde des Ortes sagte, die für ein Linsengericht nicht in den Dreck getreten werden solle. Sie selbst stellte sich dann ganz hinten an, blieb aber nicht lange die letzte; denn noch immer kamen Menschen aus den Seitenstraßen. Der General hätte an diesem Tag mühelos eine statistische Erhebung über unsere Einwohnerzahl machen können. Jemand, der ganz vorn gestanden hatte, lief mit vollem Teller die Reihe ab, bis er Frau B. gewahrte. Er reichte ihr seinen Teller und bekam ihren leeren. Und so drehte sich, wer vor ihr stand, nach ihr um, wie sie da im Stehen löffelte und den Mund zu einem »Na ja, ist eben Reis und auch nur mit Wasser gekocht« verzog. Daß sie mitten in der Reihe allein und beinahe als erste zu essen bekam, hatte für die anderen etwas Belustigendes, doch dann war es den meisten peinlich, und sie schauten weg. Jetzt erst war der Hunger angesichts der löffelnden alten Frau wie eine Anklage. Jemand, der etwa dort wohnte, wo die Reihe zu Ende war, ging durch Farne und Goldraute in sein Haus und kam mit einem Stuhl zurück, auf dem Frau B. Platz nahm, sich undeutlich bedankend. Da sie auch jetzt ihren Teller halten mußte, war ihr Anblick noch immer seltsam, und so ging, der den Stuhl gebracht, noch einmal zurück und trug mit Hilfe des Nächststehenden einen Gartentisch auf die Straße. Frau B. stellte ihren Teller auf die Platte: Jetzt ist es richtig, sagte sie, und hatte die Lacher auf ihrer Seite. Wer gegessen hatte, fragt nach einer zweiten Portion oder einem Nachtisch; eine Frau wollte im Wald ein Lager mit eingemachten Pflaumen entdeckt haben.

Es gab keinen Nachschlag und kein Kompott, aber der Vorrat in den Kübeln reichte für alle. Zis wundersame Speisung wäre sonst ohne Erfolg geblieben. Vielleicht, sagte ich zu Li, hatte Frau Remann die nötige Reismenge kalkuliert und ihre Zahlen ans Gemeindeamt gegeben. Weder sie noch der Stifter dieser Speisung waren zu sehen.

Freundlich aber unbeteiligt tauchten die beiden Soldaten ihre Kellen in die Behälter; sie selber standen auf der holzgezimmerten Abstellvorrichtung, so daß sie die Teller, die wir ihnen reichten, wie mit einer Verbeugung hinuntergaben, was uns das Danksagen erleichterte. So als bedankten wir uns für ihre Mühe des Bückens. Mehr als einer hatte tatsächlich ein Kochgeschirr mitgebracht, das er bis an den Rand gefüllt verschloß und nach Hause trug unter Erklärungen, er sei nur für einen erkrankten Verwandten oder Nachbarn gekommen. Wer gegessen hatte, stand gegen die Wand des Gemeindehauses gelehnt und betrachtete die Essenden mit einer Art Genugtuung im Blick.

Wir, die Kinder und Li, löffelten unsere Teller im Stehen aus. Frl. Renate wollte etwas für Falk aufheben, was wir ihr ausredeten. Frau B. von ihrem Tisch her machte uns Zeichen, was wir übersehen wollten, doch die Kinder folgten ihrem Winken, als hofften sie, an Frau B.s Tisch noch etwas zu finden. So folgten auch wir, und da sie im Schatten saß, schmeckte die Nachtischzigarette besser als in der prallen Sonne vor dem Gemeindehaus. Noch immer hielten die Augen des Großen Denkers und Lenkers von der Fassade des Hauses Ausschau nach dem Botschafter.

Na, Sie haben es doch auch gemerkt, begrüßte uns Frau B. Gewiß meinte sie Zis Verkleidung, aber ich tat so, als bezog sich ihre Frage auf die schlechte Qualität des Reises oder auf die Gefahr (wie sie wohl von Zinsendorf propagiert wurde), daß diese Speisung eine Massenvergiftung sein könnte.

Danken wir dem Botschafter, wer immer er war, für den Reis, sagte ich. Frau B. grunzte etwas in ihren Teller: Schlechte Zeiten, sagte sie, und, es geht schlecht aus. Sie blickte auf die Kinder, die ohne Neugier für die Gespräche der Erwachsenen in ihren Tellern kratzten. Meine beiden Damen übersah sie.

Wollen Sie mitkommen, sagte sie leise zu mir. Nächste Woche geht's übers Wasser, ich hab Leute, die uns helfen. In Zinsendorf sind wir aus dem gröbsten raus, glauben Sie mir. Dort verteilen sie ganz andere Sachen als den Reisschleim Ihres Herrn Botschafters.

Alles Gerüchte, sagte ich, wer weiß, ob es dieses Zinsendorf überhaupt gibt – außer in unserer ausgehungerten Fantasie. Da könnte ich Ihnen Dinge erzählen – ! erwiderte Frau B., und was ist hier? Ihr Herr Remann hat die Wasserfrage nicht gelöst.

Drüben haben sie's im Griff, alles entseucht. Hier schmeckt mir nicht mal der Kaffee. Falls man überhaupt welchen kriegt.

Jede Zeit hat ihre Getränke, sagte ich ausweichend. Doch nun waren wir nicht länger allein. Ganze Gruppen schoben sich an den Tisch, als wäre nun Frau B. an der Reihe, eine Audienz zu halten. Und Frau B., die eine Zigarette von mir nahm, sah den Augenblick für gekommen, die Werbetrommel zu rühren für die alten neuen Zeiten in Zinsendorf. Li sah mich bittend an, endlich zu gehen, und auch die Kinder wurden ungeduldig. Frl. Renate begann sich zu kämmen, was bei ihr ein Zeichen von großer Nervosität war. Doch da ereignete sich einer jener rätselhaften Zwischenfälle, wie wir sie schon oft beobachten konnten und die es uns schwermachen, die Mentalität der neuen Herrn zu deuten. Denn die beiden Soldaten, die das Essen ausgeteilt hatten, drängten mit einmal die Menge um Frau B.s Tisch zur Seite, verbeugten sich vor mir und baten, Frau B. auszurichten, daß sie verhaftet sei und unauffällig zu folgen habe. Ich erschrak, als gelte die Verhaftung mir, und erklärte Frau B., die noch immer in der Pose einer Wahrsagerin an ihrem Tisch thronte, man bitte sie, den beiden Posten zu folgen, da man Gründe habe, angesichts des Menschenauflaufs für ihre Sicherheit zu fürchten. Die Menschen begriffen, daß etwas Bedrohliches bevorstand; wer die Soldaten hatte passieren lassen, trat sofort wieder in die entstandene Lücke und blickte den beiden Essenausteilern über die Schulter. Waffenlos, wie die beiden waren, hätten sie nicht viel ausrichten können, aber da sie von regelmäßiger Ernährung stärker waren als wir, drehten sie sich blitzschnell um und schoben die andrängenden Menschen zurück, so wie man gemeinsam ein Tor öffnet. Frau B. hatte begriffen und trat in die so gebildete Gasse. Die Soldaten nahmen sie links und rechts am Arm, nicht ohne Höflichkeit und Rücksicht auf ihre geschwollenen Beine, und führten sie zu einem Militärfahrzeug. Da das Gefährt im Murmeln und Reden der Leute beinah unhörbar davonfuhr, brandete alles wieder zurück zum Tisch und zum nun freien Stuhl. Der leere Teller mit dem säuberlich abgeleckten Löffel stand noch immer auf dem Tisch und machte plötzlich das Verschwinden Frau B.s glaubhafter als jede Bezeugung des Vorfalls für diejenigen, die es nicht gesehen hatten. Jemand nahm Teller und Löffel an sich wie eine Reliquie.

15. Oktober

Nach einem alten Zeitungswort könnte auch ich sagen: Die Ereignisse überstürzen sich. Ich meine, die Chronik der laufenden Ereignisse gerät durcheinander; denn ich trage hier erst das Bankett am Tage des Botschafterbesuchs nach, und das Verschwinden Falks. Ich schreibe dennoch zögernd, als könnte nach der Verhaftung von Frau B., nach dem Weggehen Falks jeder Satz von mir auch über uns Unheil bringen. Doch in ungeraden Zeiten sind es die Chronisten, die noch aus der Beschreibung des Schlimmsten Hoffnung filtern.

Das Bankett zu Ehren des Botschafters fand im

Berghotel statt. Li-weng hatte Zi und mich auf den Hügel vor unserem Ort geflogen, dem die ausgewiesenen Touristen den Namen Klammberg gegeben hatten. Remann-Zi trug am Abend ein helles, militärisch geschnittenes Jackett; die Brusttaschen beulten aus, wie von Bonbons, doch waren für den Abend keine Kinder zugelassen worden. Die Schminke auf seinem Gesicht war erneuert worten, oder glänzte sie hier nur besonders unterm Licht der vielen Lampen, die aus den Aggregaten eines Militärfahrzeugs im Garten gespeist wurden. Ich hatte am Eingang auf Li gewartet, die in Begleitung Frl. Renates kam. Beide in einem langen Kleid, so daß ich mich einmal mehr für mein verschwitztes Hemd schämte. Zu meiner Überraschung trug Falk, den ich neben K'uang sitzen sah, ein helles Leinenjackett, das ich noch nie an ihm gesehen hatte. Ich verbeugte mich vor dem Botschafter, ehe ich mit den Damen am Tisch Platz nahm. Falk sah an mir vorbei, obschon ich ein paarmal den Versuch machte, ihm zuzutrinken. Heiliger saß neben einem Unbekannten; er schien öfter auf mich zu weisen und dabei Grund zum Lachen zu finden. Da wir alle Platz genommen hatten, trat De-zah mit langer weißer Schürze aus dem Küchentrakt des Hotels und trug die erste Platte herein; in ihrem Gefolge die beiden Soldaten, die am folgenden Tag die Ortsbewohner speisen würden. Man brachte Reiswein und dünnen Thee (›babyfleischfarben‹); dann ein Gericht aus Gemüse und Reis, das der Botschafter laut als berühmtes Rezept mit Namen »Buddhas Hand« pries. Noch einmal versuchte ich, mit meinem Glas Reiswein Falk zuzuprosten; aber der schien in sich versunken. Später sollten wir von Zi erfahren, daß Falk an diesem Abend eingewilligt hatte, über die Sperrzone gebracht zu werden, und von da weiter ins Reich der Mitte, wo er mit praktischen Aufgaben betraut werden sollte. Hatte bei ihm die Neugierde des Wissenschaftlers gesiegt über die träge Beschaulichkeit der letzten Monate? Wir jedenfalls saßen stumm, als wir von Falks Weggehen erfuhren. Die Frauen weinten, die Kinder verkrochen sich in ihr Zimmer. Ich sah nach, ob er seine Klarinette mitgenommen hatte, und fand das Instrument auf dem Klavier; ich schraubte es auseinander und verwahrte die Teile im schwarzen Instrumentenkasten. Frl. Renate ging in den Garten und weinte über den Mangobäumchen, die Falk gepflanzt hatte. Warum hatte er sich nicht von uns verabschiedet? Mußten wir nicht fürchten, er sei gegen seinen Willen zu dieser Reise gezwungen worden?

Vom Reiswein in meinen Wahrnehmungen getrübt, hörte ich kaum auf das, was Zi den geladenen Ehrengästen antwortete, diesen Arztfrauen, Lehrern, auch Dr. Berger war darunter und stellte seine Fragen, während er auch hier um Erlaubnis bat, fotografieren zu dürfen. Zi schienen die Auskünfte, die er geben mußte, immer mehr zu erschöpfen. Schweiß stand ihm auf der Stirn, der dünne Bart, über den er strich, schien kaum noch am Kinn zu haften, immer wieder griff er in die ausgebeulten Brusttaschen seines Jacketts und zog große weiße Tabletten hervor, die er in einem Glas Wasser auflöste, das er hastig trank. Heiliger hielt eine Rede, von einem Zettel seine Stichpunkte ablesend. Es waren die üblichen Dummheiten, auf die keiner hörte. Zi saß wie leblos auf seinem Stuhl, die Arme hingen schlaff herunter. Heiliger stockte bei diesem Anblick und wußte nicht, ob er fortfahren solle. Li-weng gab den beiden Soldaten ein Zeichen, daß sie die Platten, die sie gerade auftragen wollten, beiseite legten. Sie begaben sich zu dem wie ohnmächtigen Botschafter, griffen ihm unter die Arme, schleppten ihn weg. Ich wollte ihnen folgen, doch rief mich K'uang zu sich. Wie nicht anders zu erwarten, fragte er nach dem Opernlibretto. Wo bleibt Ihr Textbuch, lieber Freund? Ja, wo blieb es, ich wußte es auch nicht. Ich trank ihm zu, und es war mir gleich, was er von meiner Dreistigkeit hielt und ob er mir auch im nächsten Monat das erhöhte Sterngeld bezahlte oder nicht.

Frau B., sagte K'uang, als wollte er mit einer internen Information zeigen, daß er mir noch immer vertraue: Frau B. wird der Prozeß gemacht werden, weil sie in einen Kindsmord verwickelt ist.

Leider schenkte ich seinen Worten keine Beachtung. Sie fielen mir erst am nächsten Tag ein, als die beiden Soldaten Frau B. verhafteten.

Ich begab mich in den Garten, meiner Schritte nicht ganz sicher, lief durch den Farnwald. Die Wege waren gekiest und saubergehalten. Irgendwo blinkte auch hier der See wie ein rätselhaftes Schriftzeichen durch die Bäume. Aus den Küchenfenstern hörte man gedämpftes Lachen; als ich hochblickte, entdeckte ich die Schatten der beiden Soldaten, die uns das Essen gebracht und Zi gestützt hatten. Eine weibliche Stimme mischte sich in ihren Disput, und wie ich eine Weile zuhörte, begriff ich, daß sie über Zi sprachen und wie komisch der ›alte Doktor‹, wie sie ihn nannten, auf seinem Esel ausgesehen habe. Was habt ihr mit dem Esel gemacht? fragte die Frauenstimme, und ich erkannte De-zah. Die beiden Soldaten lachten laut und imitierten rülpsend und keuchend die Jammerlaute des wohl abgestochenen Tiers.

Als ich in den Saal zurückkam, saßen weder Falk noch K'uang am Tisch.

18.
Stimmen

20. Oktober
Mit dem Verschwinden von Frau B. hat die Propaganda aus Zinsendorf zugenommen. Und mit einmal rückt der Ort auch bildlich in unsere Vorstellung; denn in den Nächten zeichnen sich einander jagende und flirrende Lichterketten jenseits des Sees ab. Die Fata Morgana eines Jahrmarkts, die der See noch einmal verzerrt. Am Tage, wohl auch in der Nacht, versuchen viele in Ruderbooten diesem Bilde näher zu kommen. Aber in der Nacht fürchten wir die jäh auftauchenden Patrouillenboote der Kwan-yins. Am Tage ist wenig zu entdecken, zumal ein Seil quer übern See gespannt worden ist, an welchem zweisprachige Warntafeln angebracht sind. Man appelliert an unsere Einsicht, nicht das Leben zu gefährden, wollte man sich tollkühn unterm Seil hinweg auf die andere Seite des Sees begeben. Hart am Grenzseil halten sich dennoch die meisten Angler auf. Steht der Wind günstig, dröhnt es manchmal vom anderen Ufer wie von fernen Glocken, in die sich Satzfetzen einer unbekannten Sprache mischen, die im Tonfall zwischen Überredung und Beschimpfung wechselt. Die Angler am Seil lauschen vergeblich, um den Sinn dieser Sätze zu erfassen. Sollte das die Sprache der Werbung sein, von der Frau B. erzählte – daß die Bewohner von Zinsendorf ihre vollen Kühltruhen noch mehr füllen sollen? Dann folgt eine schnelle

Musik, über die selbst Falk, der früher in der Hauptstadt über ein umfangreiches Schallplattenarchiv verfügte, wenig hätte sagen können. Und alles, was mir der Sohn des Apothekers darüber zu sagen wußte, war, daß es irgendwie avantgardistisch klänge. Manche, die nun Frau B.s Gerüchteküche übernommen haben, wollen wissen, in manchen Nächten kämen Vorratsboote aus Zinsendorf an unser Ufer; auch der Reis, den der Botschafter gestiftet hatte, habe diesen Weg genommen.

Zi wird es wissen, denke ich. Aber der Meister ist seit jenem Abend auf dem Klammberg nicht mehr gesehen worden. Man müßte ihn besuchen, aber auch Li, von Kopfschmerzen geplagt, die sie verheimlicht, winkt ab, als sei das Überleben in diesen Tagen etwas, das jeder für sich zu bewältigen habe. Übrigens ist im Ort eine Art Streit ausgebrochen (wie uns die ehemalige Briefträgerin berichtet hat), die eine Partei nämlich ist überzeugt davon, daß Zi den Botschafter gespielt hat; die andere will einen echten Botschafter gesehen haben. In der zweiten Partei gibt es noch eine Fraktion, die eine Vermutung propagiert: der Botschafter könne ja (alles ist möglich) jener jüngere Bruder Remanns gewesen sein, der in seiner Jugend in ein unbekanntes Land auswanderte. Daher die gewisse Ähnlichkeit. – Eine Art romanhafter Verflechtung entsteht so, als sei die Kunst der Fiktion das Produkt von Hunger und Langeweile.

Dabei scheinen die Zinsendörfer auch Spaßvögel zu sein: gestern flogen eine Reihe Ballons mit dem Wind zu uns herüber. Sogleich entstand auf unserer

Seite ein Schnellfeuerschießen, so als hätte Li-weng eine Jagd auf Wildenten befohlen. Was dennoch unser Ufer erreichte und zu Boden kam, entpuppte sich als die immer gleiche, sauber gearbeitete und geschnittene kleine Schriftrolle. Die Kinder brachten eine ins Haus, die ich aufrollte, bis wir die Botschaft lesen konnten: *Das ist die wahre Lehre.* Doch was dann folgte, war das blanke unbeschriebene Papier, das auch, als wir es in Wasser tauchten, nichts weiter zu verkünden hatte.

23. Oktober
Vormittags sitze ich in K'uangs Büro. Wie immer stehen alle Fenster weit offen, es ist unerträglich heiß. K'uang sitzt hemdsärmlig im Ledersessel eines Vorgängers, vielleicht war es der Beauftragte für den Personenstand. Hatten Li und ich nicht in diesem Zimmer standesamtlich geheiratet? Im Klima eines Backofens, scheint es, kann man nur überhitzte Gespräche führen. K'uang aber ist ruhig, freundlich, er spielt mit einem Lineal und fragt, was die Leute im Ort von den Propagandaballons aus Zinsendorf halten.

Keine Ahnung, sage ich, und es ist die Wahrheit.

Mich erinnert, fährt K'uang fort, die Haltung mancher Bürger zu Zinsendorf an das Betragen der fünfhundert Affen von Benares – Sie kennen die Geschichte? Als sie das Bild des Mondes in einem Brunnenloch sahen, versuchten sie, den Mond zu erreichen, indem sie, an einem Ast hängend, einer am Schwanz des andern eine lange Kette bildeten. Es ist klar, wie das ausging: der Ast brach, und sie ertranken alle im Brunnen.

Zinsendorf ist ein Papiermond, erwidere ich auf sein Gleichnis. Man könnte, schlage ich vor, den Brunnen zudecken mit dem Bildnis eines gemalten Mondes, in dem allerlei verheißen würde, Zimtbäume, eine Schenke ...

Kommen Sie mir nicht mit den Kinderfantasien Ihrer Dichter vom Senfkorngarten, sagt K'uang: Aber ich entdecke Ihren Sinn für propagandistische Wirkung. Im nächsten Monat wird man Sie bitten, die Redaktion einer Zeitung zu übernehmen, die wir gründen wollen.

Wieder ein Angebot, denke ich, meine beschaulichen Tage zu korrumpieren. Ich erhebe mich, ohne entlassen zu sein, so als könnte ich dieser von K'uang geplanten Zukunft entrinnen. Ich könnte es nicht ohne die Hilfe Dr. Falks tun, sage ich, ihm die Hand gebend. K'uang lächelt und schließt die Augen hinter seinen eckigen Gläsern. Er gibt mir seine weiche Hand, und mit einer wie huldvollen Geste weist er auf die Tür, als wolle er sagen, daß ich frei bin, noch.

Es muß etwa ein Uhr mittags sein, der Ort hat sich hinter grüne Wände zurückgezogen. Ein Militärwagen wirbelt eine Spur auf. Ich sehe Herrn Dr. Berger im weißen Hemd über den Dorfplatz eilen und irgendwo verschwinden. Wie eine Schabe in einer Ritze, denke ich, und ein Unwohlsein würgt mich.

25. Oktober
Remann-Zi war erschöpft vom Bankett weggeführt worden – fast wie ein erschöpfter Schauspieler nach bestandener Aufführung. Seine Frau wird ihm geholfen haben, die Schminke abzuwaschen und ihn ins Bett zu bringen. Man muß fürchten, daß es Zis letzte Rolle in der Regierung Li-wengs gewesen ist. Als ich ihn am Nachmittag besuche, liegt er noch immer im Bett. Frau Remann hat ihm ein Fußbad bereitet, sie trägt die Schüssel weg, als ich komme. Das Haus ist angenehm kühl wie immer, die grünen Vorhänge, die Bücherschränke mit den Glastüren, die Bilder, die Blumentöpfe auf dem Fensterbrett, alles geordnet und wohltuend wie für eine Ewigkeit.

Wie war, Ehrwürdiger, frage ich, in diesen letzten Tagen das Befinden? Meine Frage zitiert den Großmeister Ma, den wir in früherer Zeit oft zusammen studiert haben. Zi ist munter genug, die Anspielung aufzugreifen und entsprechend zu erwidern: Li-weng mit dem Sonnengesicht, Li-weng mit dem Mondgesicht.

Mit Buddha würde ich ihn nun nicht vergleichen, unseren General, sage ich, aber Sie haben recht: Zinsendorfs lunare Erscheinung wird ihm schlaflose Nächte bereiten.

Ach, mein Lieber, sagt Zi, die vierhundertvier Krankheiten sind alle auf einmal bei mir ausgebrochen, es geht zu Ende.

Lassen wir doch den Großmeister Ma beiseite, sage ich (der vier Wochen nach seiner Erkrankung im Geruch der Heiligkeit starb), der Ort ist glücklich über die Speisung, man preist Ihren Namen in allen Straßen.

Nach einer Weile, Frau Remann hat sich zu uns gesetzt und bietet mir ein obstsaures Getränk an, komme ich noch einmal auf Zinsendorf. Doch Remann scheint nun seinen Frieden mit aller Welt gemacht zu haben, das Thema interessiert ihn nicht weiter. Noch einmal zitiert er jenen Altmeister, doch ohne jede Ironie: Was gelten uns die fünf Kaiser, sagt er, und was die drei Erlauchten.

Immerhin, sage ich, hat jeder von ihnen seinen Fuß auf unserer Kehle.

Ich hab ihn gewarnt, sich so zu übernehmen, mit dieser Rolle, sagt nun Frau Remann, nach Art der Frauen, immer wieder auf das, was unabänderlich geschehen ist, zurückkommend. Aber er hört ja nicht auf mich.

Zi drückt seinen Altmännerkopf ins Kissen und lächelt. Er raucht, und ich rücke ihm den Aschenbecher in die Nähe seiner ausgestreckten Hand. Wie seine Frau hinausgeht, etwas in der Küche oder im Garten zu besorgen in ihrer ruhelosen Art, sagt er: Wir müssen noch über meinen letzten Willen reden. Ich möchte, daß Sie etwas aufschreiben und später unter die Leute bringen.

Wieder einer, denke ich, der mich zum Propagandisten haben will. Ich winke ab und prophezeie ihm hundert Jahre. Zi schüttelt den Kopf und bekommt einen Hustenanfall. Frau Remann eilt aus der Küche und schüttelt ihm die Kissen zurecht. Sie bekommen die Bücher, sagt Zi hustend und sieht mir an, daß ich mich freue, seine kostbare Sammlung meinen Büchern einzuverleiben und an langen Winterabenden zu studieren.

Die Stimmen, sagt Zi noch, als ich mich verabschiede, wenn man doch die Stimmen wieder hören könnte, um zu wissen, wie es in der übrigen Welt aussieht.

Es wird dort alles so weitergehen wie bisher, sage ich und staune über seine noch immer wache Neugier, die ihn früher halbe Nächte an den Radioapparat bannte.

Frau Remann führt mich über den unkrautsauberen Weg zur Pforte. Es ist schlimm, sagt sie, sehr schlimm. Ich kann ihr nur einen schwachen Trost anbieten und verspreche, morgen wiederzukommen. Über dem Ort lastet noch die Stille der Mittagsstunde, aber schon bald werden die Lichter überm See aufspringen und die Musik wird einsetzen, die irgendwie avantgardistische Musik unbekannter Herkunft.

19.
Landvermesser

28. Oktober
Gleich den wandernden Klosterschülern, Wolke und Wind genannt, ziehen zwei Soldaten durch den Ort, bewaffnet mit Meßlatten und anderen Geräten. Für unsere Vorstellung sind es die beiden, die den Reis verteilten, Frau B. verhafteten und im Berghotel die Platten mit den belegten Broten auftrugen. Das ist gewiß eine Täuschung, aber auch dieses unzertrennliche Paar hat einen kauzigen Humor, immer stolpert einer von ihnen über die Meßlatte oder verliert ein Gerät, so daß der andere stehenbleibt und sich die Seiten vor Lachen hält. Nur in ihrer Arbeit sind sie dann ernst und konzentriert und die Zahlen, die sie in ihr Heft eintragen, werden kaum von ihren Meßergebnissen abweichen. Der Sinn ihres Tuns bleibt rätselhaft. Die Leute gewöhnen sich daran, daß sie mehrmals unangemeldet auftauchen und die Länge des Wegs vom Zaun ins Haus oder das Ausmaß der zugewucherten Gärten ausmessen, oder durch ein kompliziertes Peilsystem die Höhe des Hauses samt Schornstein auskunden. Finden sie eßbare Früchte in den Gärten, verharren sie, schieben die Tellermützen in den Nacken und kauen mit Kennermiene.

Wir bieten ihnen Saft und Birnen an, was sie zunächst dankend ablehnen. Ich versuche ein Gespräch mit ihnen, aber sie antworten in einem mir unbekannten Dialekt, vielleicht der Alltagsjargon, den sie zu Hause in ihrem Dorf verwenden. In welchem Land befindet ihr euch, frage ich, und wie heißt der Kontinent? Sie grinsen freundlich zurück, als wüßten sie es nicht. Dann gehen sie an die Arbeit und beginnen damit, den Weg abzumessen, der von der Haustür zu meinem Pavillon in der Nordecke des Gartens führt. Den Dichterpfad vom Senfkorngarten, wie Falk den kleinen Weg nannte, den Li sauberzuhalten versuchte.

Wie immer gehen die Meinungen im Ort durcheinander. Man vermesse nicht das Land, sagen die einen, sondern peile diskret die Entfernung von jedem Haus im Ort nach Zinsendorf an, um auf jedem Grundstück Raketen aufzustellen. Andere sagen, alles Unsinn, diese Kwan-yins können ja mit ihren Flinten nicht mal einen schlafenden Vogel vom Baum holen. Tatsächlich haben wir von den ersten Tagen an nicht viel von ihrer Bewaffnung gesehen, Maschinenpistolen und einige kleinere Kanonen waren alles. Die Düsenjäger am 30. April oder am Tag der Armee über unseren Köpfen – wer konnte beweisen, daß sie Bestandteil dieser Armee waren und nicht vielleicht feindliche Aufklärer eines vom Krieg verschonten Landes?

Keinen Blick schenkten die beiden Landvermesser den Frauen im Haus. Auch Jessica, in der koketten Schüchternheit einer Zwölfjährigen, ist kein Kind mehr. Li und Frl. Renate haben beim Auftauchen von Wind und Wolke die Andeutung eines Badeanzugs übergezogen, aber ich vermute, daß auch ihre Nacktheit keine Neugier hervorgerufen hätte. Und daß Li-weng im Berghotel ein Bordell für seine Armee unterhalte, war ja nur eines der böswilligen Gerüchte aus Zinsendorf. Sogar Frau B. hatte es abgelehnt, daran zu glauben. Die dürfen das nicht, war ihr Urteil gewesen.

Li zog sich doch wieder aus und schlüpfte in einen Hauskittel, der ihre vollen Brüste, Brüste einer Mutter, schwer, abstehend und mit den Einzeichnungen der Stillzeit, bedeckte. Mein Hunger auf ihren von Geburten und Fehlgeburten ausgehöhlten Leib ist groß wie immer. Li hat die Sicherheit einer naturverbundenen Frau, so daß ihre Eifersucht auf die ständige Nähe Frl. Renates nur gering ist. Seit Falk nicht mehr da ist, muß ich gegen den alten männlichen Instinkt angehen, sich alles Weibliche im Haus untertan zu machen. Sollten Wolke und Wind von diesen Regungen frei sein? Frl. Renate, in ihrer Freundlichkeit, die sie jedem mitteilen muß, nimmt noch einmal den Teller mit den Birnen und geht zu den Landvermessern. Diesmal nehmen sie an. Dann verlassen sie mit ihren Geräten den Garten.

29. Oktober

Wieder hat Li eine neue Leidenschaft, die sie abends aus dem Haus treibt. Es ist nicht mehr der aufgelöste Sportverein der wehrfähigen Steinewerfer oder Bodenakrobaten. Es ist ein Theaterclub, eine Laienbühne, die abends in der Schulaula zusammenkommt. Erstaunlich, wie das Rollenspiel den Menschen verwandelt, nicht nur für die Dauer des Spiels, erst recht danach. Wenn Li in der Nacht zurückkommt und sich den Schweiß der Mühen abwäscht, strahlt sie eine neue Energie aus bis in die Brustspitzen. In solchen Nächten bleibt dann nichts anderes übrig, als sie hinunter zum See zu begleiten oder ins Bett zu nehmen.

Welche Rolle spielst du denn? frage ich sie.

Abwechselnd alle. Man spielt sich selber durch alle Lebensalter. Daß ich dir jetzt so neu vorkomme, liegt daran, daß ich gerade die Rolle einer jungen, glücklich verheirateten Frau spiele.

Aber nach welcher Vorlage? Wie heißt das Stück?

Es stellt sich heraus, daß es kaum Vorlagen und keine Stücke gibt. Bestenfalls, wenn die eigene Fantasie versagt, einen Rollenauszug aus Romeo und Julia oder Frl. Julie oder den Ehedramen Ibsens. Und auch die Vorstellung von einer Laienbühne paßt schlecht. Denn es gibt keinen Spielleiter, jeder wird für einen Abend gebeten, die anderen anzuleiten, und wie ich Li kenne, wird sie die anderen davon überzeugen, ihr diese Rolle mit größerer Regelmäßigkeit anzuvertrauen.

Wir wälzen unsere Leiber auf dem verschwitzten Laken. Seltsam, wenn Natur und Kunst für dieses Mal eine Verbindung eingingen und ich sie, die ihr Leben von vor zehn Jahren spielt, schwängerte. Später sagte ich zu ihr, und verletzte sie tief: Warum suchst du dir nicht eine Rolle aus den letzten Tagen der Menschheit.

30. Oktober

Allein gelassen, wenn Li ihre Lebensalter durchspielt, beschäftige ich mich mit den Kindern. Oder vielmehr, wir füttern gemeinsam den Hasen mit ausgesuchten Gräsern, oder wir reden mit der Katze in einer Sprache, welche die ihre imitiert und die sie stutzig macht: sind wir am Ende Vierbeiner, die sich verstellt haben? Die Kinder gehen in die Hocke und verwandeln sich in fauchende, schreiende Ungeheuer. Zu ihren Lieblingsspielen im Garten gehört der Krieg der Ameisen, den sie anzetteln, indem sie spatenweise die Völkerschaften eines Berges zu denen eines andern tragen. Dabei macht sie der Tod alles Lebendigen, auch wenn man es ihnen als Naturgesetz erklärt, traurig. Sie sehen mich bei derlei Erklärungen lange an, der ich für ihr Dasein in dieser Welt verantwortlich bin.

Unheimlich sind uns gewisse gelbe Früchte, die in den Büschen reifen und die wir nicht kennen. Dem Duft nach eine Abart der Zierquitte, nur größer. Die Finger werden klebrig, wenn man sie anfaßt.

Zum Ausgleich für den unregelmäßigen Schulunterricht erzähle ich den Kindern von anderen Ländern, Städten, Menschen. Aber ihre Vorstellungskraft dafür ist kaum zu wecken. Die Hecke mit den Schlingpflanzen, der verdampfende See, die Lichter aus Zinsendorf, größer ist ihre Welt nicht. Ich gebe ihnen Beispiele der verschiedenen Sprachen, die in anderen Ländern gesprochen werden, was die Menschen vor dem Großen Krieg nicht hindern konnte, sich zu verstehen. Ihre Verkehrsmittel, Flugzeuge,

Schiffe, Eisenbahnen waren so schnell, daß man in weniger als einem Vormittag die Polarhunde der Eskimos und die Kokospalmen warmer Länder sehen konnte. Sie lächeln darüber wie über eine meiner typischen Anmaßungen. Und während ich sie noch eine Weile in meinen Fantasien spazierenführe, schauen sie auf den Zusammenprall der Ameisenheere.

Nach welchen Gesetzen leben sie? fragt Jessica, und wir vertiefen uns in die spekulativen Normen des Ameisenstaates. Robert, ein zweiter Falk in seiner leidenschaftslosen Beobachtungsgabe, betrachtet, wie die einen sich zur Wehr setzen, die andern mit schwerer Beute verschwinden, das aufgestörte Volk hastig durcheinanderwirbelt, ohne sich dabei gegenseitig zu behindern, bis es in den Tiefen der Schächte und Kanäle verschwindet, um aufzubauen, was zerstört wurde. Langsam glättet sich so die Oberfläche des Ameisenbergs, bis nur noch ein wenig trockener Sand übrigbleibt, der an den Hängen herabrieselt.

Ich lasse sie allein, um zu lesen oder Frl. Renate beim Wäscheaufhängen zu beobachten. Sie hat sich von Li nicht überreden lassen, bei diesem neuen Selbstdarstellungstheater mitzumachen. Später dringe ich in ihr Zimmer ein. Sie ziert sich nicht und überläßt mir ihre für derlei Spiele wohl wenig geübte Scham.

20.
Der Kindsprozeß

7. November
Es scheint, wir haben im neuen klimatologischen Kalender endlich die Regenzeit erreicht. Denn seit gestern fällt Regen, zögernd erst, dann andauernd und geradezu unaufhörlich fließt es heute aus grauen Wolken, die weißgerändert überm See fliegen. Das ist ein Ereignis, das alles andere verschlingt; der Anblick K'uangs, wie er unter seinem großen schwarzen Regenschirm das Gemeindehaus verläßt und zu einem nun verdeckten Militärfahrzeug eilt, nötigt den Leuten ein Lächeln ab. Fast hätten wir über den dicken Tropfen, die auf dem Staub der Straße zerplatzen, jenen anderen Vorfall vergessen. Es ist der bevorstehende Mordprozeß, in den auch Frau B. verwickelt ist. Im übrigen der erste Zivilprozeß seit Einzug der Kwan-yins im Februar. Niemand will so recht an die Abscheulichkeit glauben, die sich in der Backstube des Bäckermeisters Runge, seit einigen Monaten Frau B.s Schwiegersohn, ereignet haben soll. Jener Bäcker, der berühmt war für seine ausgezeichnete Ware und für die rundlichen Frühstücksbrötchen.

Der Fall ist schnell berichtet. Der Bäckermeister, eine Erscheinung mehr wie ein Ingenieur, der mit ein paar Griffen und Hebeln sein Tagwerk erledigt, war geschieden und hatte seine Aushilfe, mit der er jahrelang ein Verhältnis unterhielt, geheiratet. Sie,

Frau B.s rothaarige Tochter, wurde schwanger; entband Zwillinge, die man zusätzlich zu den anderen Kindern, die sie beide aus den früheren Ehen hatten, nicht ernähren wollte oder konnte. So wurden die Säuglinge (Gerüchte behaupten, es sei eine Totgeburt gewesen) im Backofen verbrannt. Frau B. war angeklagt, es gewußt zu haben, eine Mitwisserin, die die Tat hätte verhindern können. Hatte man einen Vorwand gesucht, sich Frau B.s zu entledigen? Oder waren doch nur, wie die Leute im Ort behaupten, die schlimmen Zeiten schuld an dieser Tat des Bäckerpaares? Die Säuglinge seien krank gewesen, sagen andere, und kein Medikament und kein Arzt im Ort habe sich finden lassen. Der Prozeß unter K'uangs Vorsitz wird, so fürchte ich, einen doppelten Aspekt haben. Man wird, und hier kann die alte Zivilstrafordnung herangezogen werden, den Kindsmord aburteilen; man wird aber auch diesen Mord als Verweigerung denunzieren, als Mord an der Zukunft, als eine ideologisch zutiefst verwerfliche Tat.

Für den Prozeß ist das Hotel auf dem Klammberg vorgesehen. Die Inhaftierten sollen in den oberen Räumen gefangengehalten werden, in denen früher das Dienstpersonal gewohnt hat.

8. November

Der erste Verhandlungstag. Ich habe mir mit K'uangs Hilfe eine Einlaßkarte besorgen können. Als eine Art Sonderberichterstatter für die zu gründende Neue Zeitung bin ich im Saal. Es ist der Speisesaal des Hotels. K'uang als Anklagevertreter sitzt unterm

Bild des Großen Denkers und Lenkers. Ihm zur Seite ein paar ortsansässige Bürger, die ich flüchtig kenne, auch das Schneiderehepaar ist darunter, das man, obschon kinderlos, wie das Modell einer guten Ehe vorführen will. Wind und Wolke, die jungen Soldaten, die den Ort vermessen haben, übernehmen die Funktion der Gerichtsschreiber. K'uangs übersetzte Anklageschrift wird verlesen. Er nickt zu jedem Satz und skandiert mit der Hand die Punkte der Anklage. Die Angeklagten, der Bäckermeister, seine Frau (die hier jeder noch als seine Geliebte betrachtet), Frau B. sitzen in der ersten Reihe. Sie erheben sich, wenn sie angesprochen werden. Hinter mir drängen sich die Leute, man hat jeden eingelassen, der eine Karte vorzeigen konnte. Wenn die Verhandlung stockt, blickt jeder zu den großen Fenstern im Saal, ob der Regen noch immer fällt. Es hat auch heute nicht aufgehört zu regnen. Auch die Angeklagten schauen zu den Fenstern, die einen Spalt offenstehen.

Die ehemalige Aushilfe des Bäckers ist trotz ihrer üppigen Jugend hier nur noch ein Schatten ihrer Erscheinung. Sie allein scheint wie von Schuld erdrückt, während Frau B.s Gesicht zeigt, daß sie sich verleumdet und schuldlos fühlt. Der Bäcker trägt seinen besten Anzug und sieht aus, als würde hier das Vergehen seiner älteren Tochter verhandelt, für die er sich nur partiell verantwortlich fühlen kann. Die Anklage wird dennoch schnell mit ihm fertig: Die Neugeborenen zu töten war allein sein Wunsch und seine Tat. K'uang aber kann es damit nicht genug sein lassen, seine Anklage wälzt sich jetzt auf Frau B.: Ihre

Miesmachereien, ihre Intrigen und Gerüchte hätten das junge Paar verhetzt und zur Tat angestiftet. Unser Ort, scheint es, ist ohne Zinsendorf und dessen böse Einstrahlung nicht mehr zu denken.

Ich vergesse den Pflichtverteidiger der Angeklagten. Es ist kein anderer als Dr. Berger. Aus welcher Rechtskenntnis, frage ich mich, kann dieser Chemiker denn die Angeklagten beraten? Frau B. hat das Wort und tappt, von der Verteidigung weder unterstützt noch gezügelt, in die Fallen, die ihr K'uangs Fragen stellen. Doch man kann ihre hemmungslose Rede nur bewundern. Der Saal rumort und bewegt sich und besinnt sich im letzten Augenblick, daß Beifall hier nicht angebracht ist.

Frau B. verteidigt die Tat der Angeklagten, als hätte sie diese tatsächlich dazu angestiftet. Sie sagt etwa, wobei sie sich mit einer Hand an der Stuhllehne festhält –, Verehrter Herr Vorsitzender: möchten Sie denn Kinder in die Welt setzen, die doch alle zu Krüppeln würden bei dieser Luft- und Wasserverseuchung? Wird denn etwas getan zur Verbesserung der Zustände? Sie haben sie zwar nicht verschuldet, aber wir sind darauf angewiesen, daß Sie etwas tun. Haben wir überhaupt noch eine Zukunft, hier, in diesem Ort?

Und weiter in diesem Ton. Das angeklagte Paar schaut zur Seite, die große Zukunft, die Frau B. beschwört, scheint sie weniger zu interessieren als die nächsten Stunden und die Urteilsverkündung. K'uang nickt wieder, aber diesmal mit spöttischem Ausdruck. Die Fragen stellen wir, sagt er nach einer

Weile. Der unpersönliche Ton desjenigen, der seine Anklagepunkte verliest, die gezirkelte Fragestellung geben der Verhandlung etwas Mechanisches; bestenfalls ist es die Kopie eines bereits stattgefunden habenden Verhörs.

In einer Pause wird von De-zah Thee gebracht. Auch die Schreiber stehen auf und eilen davon. Die Angeklagten lehnen, bis auf Frau B., das Getränk ab. Während sie trinkt, spricht Dr. Berger mit ihr. In seiner Fülle, in einen viel zu warmen Anzug mit Weste gezwängt, beugt er sich über die kleine Frau und haucht ihr seine Vorsichtsmaßregeln ins Gesicht.

10. November
Der Regen hat aufgehört, der Ort brodelt in einem warmen Nebel. Am Tage der Urteilsverkündung zog alles in langen Kolonnen zum Klammberg, wie im Oktober zur öffentlichen Speisung. Nicht ein Drittel dieser zu Fuß und auf Fahrrädern zuströmenden Menge hatte Zugang zum Gerichtssaal. Einigen wurde der Aufenthalt im Park erlaubt, in dessen Bäumen Lautsprecher hingen. Ich weiß nicht, nach welchem Prinzip man die Leute in den Saal ließ; es zeigte sich aber dann, daß mehr Frauen als Männer eingelassen worden waren.

Die Angeklagten, soweit man ihre Gesichter im Schatten ihres Verteidigers sehen konnte, zeigten Gleichgültigkeit. Runges gutwattierte Schultern schienen immer wieder müde zu erschlaffen, und nur Frau B. saß aufrecht auf ihrem Stuhl. Von ihrer Tochter hätte man mehr Selbstbewußtsein erwartet.

Manche Frauen im Saal versuchten, ihr einen Gruß zukommen zu lassen, ein aufmunterndes, anteilnehmendes Kopfnicken, das sie übersah.

Dann trat K'uang ein, gefolgt von den Personen des ersten Verhandlungstages.

Wer eine lange Verhandlung erwartet hatte, wurde enttäuscht. Herr Dr. Berger hatte Gelegenheit zu ein paar lahmen Sätzen, in denen von Hunger und daraus resultierender Geistesverwirrung die Rede war. Die Angeklagten, aufgerufen, zu ihrer Schuld zu stehen, erhoben sich. Das Bäckermeisterpaar gab zu, schuldig im Sinne der Anklage zu sein, Frau B. rief, wie man erwarten konnte ihr: Nicht schuldig! in den Saal.

K'uang ließ die Anklage der Militärregierung verlesen. Nicht nur die Tat, sagte er, die zu allen Zeiten und bei allen Völkern als ruchlos verurteilt wurde, sei auch hier einem angemessenen Strafmaß zuzuführen – man müsse auch die Beihilfe zum Mord ahnden, die von der Anstifterin wie ein Aufruf gedacht war, der neuen Zeit die Zukunft zu rauben, indem man ihr die Kinder umbrachte. Der besonderen Lage des Ortes eingedenk, müsse das höchste Strafmaß der Anstifterin gelten, auch wenn man in Anbetracht ihres hohen Alters usw. usw.

Somit war es klar, wie die Strafe gestaffelt sein würde. Frau B. erhielt lebenslängliche Verbannung aus dem Ort. Seltsame Vorstellung, die alle aufhorchen ließ: Verbannung, wohin?

Runge bekam fünfundzwanzig Jahre Arbeitslager unter verschärften Bedingungen, seine Frau, die in ihrer Labilität und sexuellen Hörigkeit (hier wiederholte das Gericht einen Terminus der Verteidigung) eine Verführte genannt werden konnte, bekam sechs Jahre Arbeitslager mit Bewährung. Ein wenig hellte ihr kleines Gesicht sich bei dem Wort Bewährung auf.

Die beiden Schreiber fungierten nun wieder als Posten, die die Verurteilten durch eine Seitentür hinausführten.

War es im Saal bei der Urteilsverkündung still geblieben, so empörten sich die draußen im Park Stehenden um so heftiger. Man hörte Pfiffe und Schmährufe, so daß man die Leute vertreiben mußte. Noch in der Nacht wurde versucht, Frau B. mit Gewalt zu befreien.

11. November

Der Versuch, Frau B. aus dem Berghotel zu entführen, ist dem im geheimen auferstandenen Sportclub in die Schuhe geschoben worden. Zu Recht oder nicht, das Unternehmen war ein ebenso tollkühner wie dummer Handstreich. Im Farnkraut und in den Büschen rings um das Hotel verborgen, hatten die Befreier den Rundgang der Posten beobachtet. Sie hatten zehn Minuten Zeit errechnet, die sie haben würden, eine Leiter aufzustellen, die nach Art einer Feuerwehrleiter noch einmal ausgefahren werden konnte, so daß sie bis zur obersten Etage reichte. Doch hatte die Zeit nicht ausgereicht. Entweder war Frau B. nicht zu überzeugen gewesen, oder der Abstieg hatte sich als langsam und gefährlich erwiesen – die schwere Frau B. auf der Schulter des kräftigsten Mannes der Gruppe –, oder war Verrat im Spiel gewesen? Kaum standen Befreier und Befreite auf der obersten Sprosse, als auch die Posten zurück waren. Die in den Büschen Versteckten sollten Feuerschutz geben, auch wenn sie nur Steine in den Taschen hatten – kopflos, wie die ganze Aktion, war nun auch das Verhalten der Steinewerfer. Sie zielten auf die behelmten Köpfe der Posten, die ihrerseits in die Luft schossen, aber aus Maschinenpistolen. Eine verirrte Kugel hat Frau B. getroffen und getötet. Der sie auf den Schultern die Leiter herabtrug, legte eine Tote ins Gras.

Das Wetter ist wie eh und je in diesen Monaten. Keine Regenwolke. Der Himmel wölbt sich blau, ein weicheres herbstliches Blau. Ich notiere diesen Nachsatz zum Kapitel Mordprozeß in meinem Boot, wobei ich achtgeben muß, nicht zu nah an das Sperrseil getrieben zu werden.

21.
Gespräche über die Zukunft

2. Dezember
Nachts erwache ich und habe den Wunsch, vor K'uang auszusagen, Mitteilung zu machen, mich zu beschuldigen, auf erdachte Vorwürfe zu antworten und mich zu rechtfertigen. Hirngespinste. K'uang erwartet noch immer einen Artikel von mir über den Mordprozeß. Er zitiert mich in sein Büro. Er denkt nicht daran, mich zu verhören. Wir sitzen in den kühlen Ledersesseln, trinken den üblichen Thee, den diesmal De-zah serviert. (Sie schminkt sich wieder.) Und plaudern. Immer mehr habe ich den Eindruck, daß K'uang die Geschäfte des Ortes und seiner Zukunft allein führt. Kein Wort von Li-weng. Auf meine Frage: Er ist beurlaubt. Dann korrigiert er sich: Er macht Urlaub. Vermutlich hat er Falk ins Große Reich der Mitte begleitet.

K'uang läßt sich gehen an diesem Tag. Gewährt mir Einblick in seine Sorgen, die Sorgen um den Ort und seine Zukunft sind. Das Neue setzt sich nur schwer durch gegen die träge Mentalität. Wir bauen auf die Kinder, sagt er. Aber dieses Lied kenne ich schon. Ich schweige dazu. Hier sind Pläne, sagt K'uang und verweist auf Aktenstöße, Pläne für eine Schulreform. Geistige Übungen müssen mit manuellen abwechseln. Kein Stand soll mehr auf seine ausschließliche Tätigkeit mit dem Kopf oder mit der Hand sich etwas einbilden dürfen. (Aber auch das ist ja nicht neu.) Das Prinzip der materiellen Interessiertheit, wie es in Zinsendorf eingeführt wurde, sagt K'uang, ist verkehrt. Es reißt die Leute nicht aus dem alten egoistischen Trott.

Aber es spannt den Esel vor den Karren, erwidere ich, wenn der Karren feststeckt.

Es macht satt, sagt K'uang, und wer satt ist, wird dumm, zufrieden, leicht zu übertölpeln.

Wer hungrig ist, wird böse, sage ich. Der Versuch, Frau B. zu befreien, war die Tat von Hungrigen. Sie hatten geglaubt, Frau B. würde sie zu den vollen Läden in Zinsendorf führen.

Das Gespräch könnte in dieser harmlosen Dialektik weitergehen. Es langweilt mich, ich schweige auf K'uangs Sätze.

Ja, der Mensch, meditiert er, der Mensch ist schlecht von Kind auf, die elende Beschaffenheit des Menschengeschlechts gilt es zu ändern, doch wie?

Sollte Zi ihm seine Bände Schopenhauer geliehen haben? Es bleibt die Welt als Wille und Vorstellung, sage ich, solange ein Mensch übrig ist.

Unser Ja-und-nein-Gespräch geht noch eine Weile hin und her, ohne Richtung, ohne praktische Lösungen. K'uang scheint mir vom Schlage der alten Philosophen zu sein, es genügt ihm, im Topf herumzurühren, die selbst erzeugte Trübe zu sondieren. Sobald er den Finger herausnimmt, setzt sich alles wieder und es bleibt beim alten. Anders Zis Vorschläge, einen beschränkten Kleingewerbehandel zuzulassen, der die stillen Reserven und die Fantasie der Leute mobilisiert hätte.

K'uang wischt es vom Tisch. In der zweiten Stunde unseres vom Theetrinken und von langen Pausen gedehnten Gesprächs erkenne ich, was er von mir will. Abermals will er mich für die Redaktion der Neuen Zeitung gewinnen. Mit großer Geste, halb über seinen aufgeräumten Schreibtisch gebeugt, einen Glanz zwischen Schalk und Ernst in den Brillengläsern, gibt er mir zu verstehen, daß ich selber die Zukunft des Ortes bestimmen könnte – Zeitungsarbeit ist Massenarbeit.

Bislang, sagt K'uang und seine Leutseligkeit schwindet, habt ihr euch auf Gesetze verlassen, auf Statuten, auf den Botschafter, der euch das Märchen fertig aus dem Sack zieht. Tut selbst etwas. Die Angst vor dem Untergang – K'uang schlägt sich an die Brust, als meinte er unser aller Herzklopfen –, diese Angst macht euch bequem, dient euch als Alibi, daß ihr euch zurückzieht ins Unkraut eurer Gärten. Sehen Sie, fährt er einen Ton gelassener fort: darüber zu schreiben wird von Ihnen erwartet.

Ich vergesse, an der Zigarette zu ziehen. K'uang, mein Lehrer, denke ich spöttisch, Zi, mein Meister. Zu viele Lehren, zu viele Meister.

Ich bin mehr zuständig für das, was geschehen ist, sage ich leise. Vielleicht noch für die Topographie ferner Städte. Lassen Sie mich reisen für Ihre Neue Zeitung.

Und die Zukunft? faucht K'uang zurück. Fast ein Jahr beobachten wir Sie nun: Was tun Sie? Sie registrieren Ihr eigenes Nichtstun. Und was soll nach Ihnen kommen? All die ungeborenen Generationen?

K'uang zeigt ins Weite, als sähe er diese Generationen sich ausbreiten wie eine Grassteppe.

Was würde nach uns kommen! Das einfache Leben? Einfach, weil eine Verwaltung uns alles vordachte, vorschrieb, anordnete mit Strenge und Güte zugleich? Oder das einfache Leben in den Verhältnissen eines jeden einzelnen? Die zurückgeschraubten Bedürfnisse, der Verzicht auf das technische Spielzeug, das uns in seinen großen und kostspieligen Ausführungen kaputtgemacht hatte? Ein einfaches Leben, würde ich auf einem Kongreß von Historikern verkündet haben, ist das Privileg sehr alter Völker. Sozusagen das einfache Gespräch über die Grenzen des Gartenzauns, das auf die Bedürfnisse des andern eingeht. Oder wie sollte es aussehen, das einfache Leben. Waren wir nicht einmal mehr imstande, es uns vorzustellen? Ich hatte wohl Schwierigkeiten, mir die Bewohner dieses Ortes in einfachen Verhältnissen zu denken. Oder doch? Was verändert den Menschen? Daß er ein Bedürfnis, eine Gewohnheit mit einer anderen vertauschen muß? Jetzt, wo wir Müßiggang genug hatten, gewöhnten wir uns vielleicht das Meditieren nach der Art von Remann-Zi an.

K'uang schien an etwas anderes gedacht zu haben: Sie vergessen die Wirkung der Arbeit, sagte er.

Der Anteil der Arbeit an der Menschwerdung des Affen? sagte ich. Aber damit hatte ja schon einmal alles angefangen. Wollen wir uns ewig im Kreise drehen?

Niemand dreht sich im Kreise, der eine Erfahrung gemacht hat, erwiderte K'uang. Auch wir haben eine

Erfahrung gemacht: Wir haben zu lange gezögert, ein Programm anzubieten, weil wir euch nicht allzu gut kannten. Wir werden anfangen, voneinander zu lernen.

Ich glaubte ihm kein Wort. Es war das übliche Gerede, das etwas anderes verbergen sollte. Ich dachte daran, wie man mich mit ähnlichen Worten vor Jahren aus dem Kombinat der Wissenschaften entlassen hatte. Irgendwie hatten alle diese Aktivisten des Denkens und Handelns etwas davon, wenn sie sich an mir rieben.

Zu allen Zeiten, sage ich, haben die Philosophen die Menschen über die versumpften Zustände in eine schönere Zukunft gebracht und ihnen die Brücke dahin gebaut – mit Worten. Was sie nicht verstanden haben, ist, die Kanonenmacher aufzuhalten.

Ein philosophischer Gedankengang, sagt K'uang, aber Sie vergessen, lieber junger Freund: wer vermag denn diese Brücke zu bauen, daß sie nicht ein schwankendes Geflecht aus Worten bleibt?

De-zah unterbricht uns, sie bringt Papiere, Briefe zur Unterschrift. Während K'uang umständlich seine Zeichen aufs Papier setzt, wechseln wir einen Blick. Sie sieht müde aus, verbraucht. Sie ist die einzige Frau in Uniform in der hier stationierten Armee.

Hast du Nachricht von deiner Mutter, fragte ich sie. De-zah sieht mich verwundert an, besinnt sich eine Sekunde auf die Sprache, in der ich sie angeredet habe. Ja, sagt sie, sie ist tot. Dann nimmt sie die Briefe und geht, ohne mir Gelegenheit zu einem Bedauern zu lassen.

Ich glaube an die Erziehbarkeit des Menschengeschlechts, fährt K'uang fort, als hätte ich ihm eine Frage gestellt. Und so glaube ich auch an Ihre Erziehbarkeit – oder doch: an Ihre Einsicht in die Notwendigkeit, welche nach dem Wort eines Denkers die wahre Freiheit bedeutet. So will ich Ihnen jetzt ein paar Merksätze für Ihre künftige Arbeit an der Zeitung diktieren. Ich bitte Sie mitzuschreiben.

Somit komme ich mir in der dritten Stunde unseres Gesprächs wie K'uangs Sekretär vor.

Aufbau und Entlehnungssystem einer Volkskommune – denn damit fängt es ja an, sagt K'uang und gibt mir das Gefühl, daß in diesem Augenblick die Zukunft tatsächlich, weil administriert, angefangen hat.

22.
Fragmente

Ich kann das heutige Datum nicht finden. Beide Remanns sind gestorben und in der Stille, ohne Gegenwart von Nachbarn und Freunden, begraben worden. Li und ich haben später das Grab gesucht, aber nicht gefunden ...

Das Feuerwerk. Dr. Bergers großes Feuerwerk zum Jahresende. Der Ort brennt an allen Ecken und Enden ... Die in der Luft kondensierte Strahlung hat sich mit dem Raketenfeuer zu einer Brandkatastrophe verbunden ... Vermutlich schreiben wir den 31. Dezember. Wir retten uns ins Boot. Mein Traum gestern nacht: der See glich einem wasserlosen Krater, und wir

Inhalt